U0529773

林徽因全集

诗歌
散文
小说

人民文学出版社

图书在版编目（CIP）数据

林徽因全集．诗歌、散文、小说卷／林徽因著．
北京：人民文学出版社，2025． -- ISBN 978-7-02
-018978-6

Ⅰ．Z427；I216.2
中国国家版本馆 CIP 数据核字第 2024WF0595 号

责任编辑　王一珂
装帧设计　陶　雷
责任印制　张　娜

出版发行　人民文学出版社
社　　址　北京市朝内大街166号
邮政编码　100705

印　　刷　北京中科印刷有限公司
经　　销　全国新华书店等

字　　数　227千字
开　　本　680毫米×960毫米　1/16
印　　张　16.75　插页56
版　　次　2025年1月北京第1版
印　　次　2025年1月第1次印刷

书　　号　978-7-02-018978-6
定　　价　108.00元

如有印装质量问题，请与本社图书销售中心调换。电话：010-65233595

一九〇七年,三岁时的林徽因

一九一〇年，林徽因与父亲林长民（右一）、妹妹麟趾（左一）在杭州

一九一二年，林徽因与姊妹们。左起：林徽因、曾语儿、王次亮、麟趾、王孟瑜。林长民在卡纸上题字："壬子三月，携诸女甥、诸女出游，令合照一图。麟趾最小。握其手，衣服端整、身亭亭者，王孟瑜。衣袖襞积，貌圆，张目视者，瑜妹次亮。长面，发覆额最低者，语儿曾氏。徽音白衫黑袴，左手邀语儿，意若甚昵，实则两子俱黠，往往相争果饵；调停时时，费我唇舌也。瑜、亮，大姊出。语儿，四妹出。徽、趾，吾女。趾五岁，徽九岁，语十一，亮十二，瑜十四，读书皆慧。 长民识"

一九一六年,林徽因在北京

一九一六年,林徽因与表姊妹们身着培华女子中学校服合影。左起:王孟瑜、王次亮、曾语儿、林徽因

一九二〇年,林徽因乘"波罗加"号(Paul Lecat)邮轮在
赴欧途中与同船旅客 Hekking 女士合影

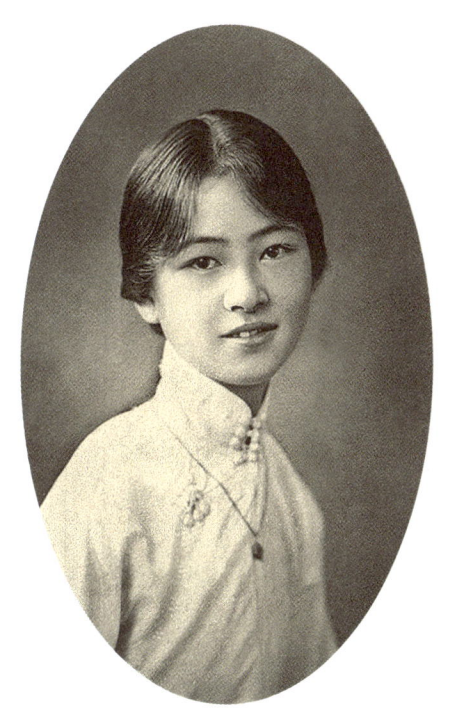

一九二〇年,林徽因在伦敦

一九二〇年,林徽因在伦敦

一九二〇年,林徽因在伦敦

一九二〇年,林徽因与父亲林长民在伦敦

一九二〇年,林徽因与父亲林长民在伦敦

一九二〇年，林徽因与父亲林长民在伦敦寓所进餐

一九二〇年,林徽因在伦敦寓所读书

一九二〇年，林徽因在伦敦

一九二〇年,林徽因在伦敦

一九二〇年,林徽因在伦敦

一九二〇年,林徽因在伦敦

一九二〇年,林徽因在伦敦

一九二〇年,林徽因在伦敦

一九二〇年七月,游历欧洲期间的林徽因在意大利威尼斯圣马可广场

一九二〇年七月,游历欧洲期间的林徽因在意大利威尼斯圣马可广场

二十世纪二十年代初，林徽因与表姐王孟瑜在北京景山后街雪池胡同家中

二十世纪二十年代初,林徽因在北京景山后街雪池胡同家中

一九二二年，林徽因在北京景山后街雪池胡同家中

一九二二年，林徽因与梁思成在北京景山后街雪池胡同家中

一九二二年,林徽因与梁思成、母亲何雪媛在北京景山后街雪池胡同家中

一九二二年，林徽因与梁思成在北京

一九二二年，林徽因与梁思成、母亲何雪媛在北京

一九二三年十月,林徽因与梁思成(左一)、梁思庄(右一)在明十三陵

一九二三年十月，林徽因与梁启超（左一）、梁思庄（左二）在北京居庸关长城

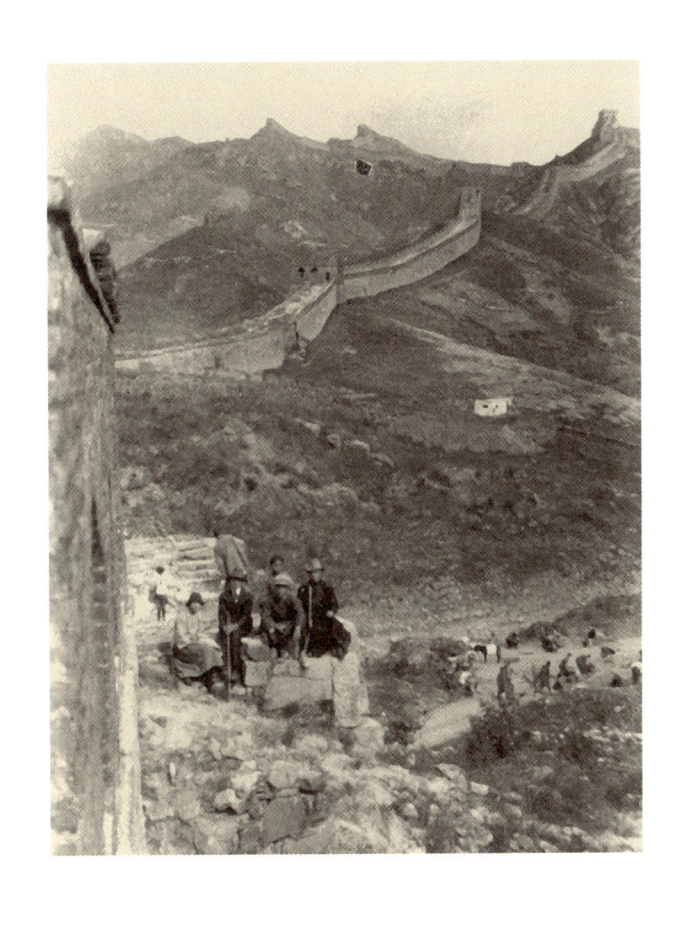

一九二三年十月，林徽因与梁启超（右一）、梁思成（右四）、梁思庄（右三）等在北京居庸关长城

一九二三年十月，林徽因与梁启超（右一）、梁思庄（右三）等在北京居庸关云台

二十世纪二十年代中期，林徽因与梁思成（左一）、李宣果（左二）、王孟瑜（左三）、曾语儿（左五）在北京西单石虎胡同七号新月社院内

一九二四年四月二十五日,林徽因(右三)、梁启超(左一)等与泰戈尔在北海松坡图书馆前

一九二四年四月二十五日,林徽因(前排右四)、梁启超(前排左一)等与泰戈尔在北海松坡图书馆前

一九二四年四月二十七日，林徽因与泰戈尔在紫禁城御花园

一九二四年四月二十七日，林徽因与泰戈尔等印度客人在紫禁城御花园

一九二四年四月，林徽因（左一）与泰戈尔、徐志摩（后排左一）、恩厚之（后排左二）等在北京景山庄士敦家门前

一九二四年四月,林徽因与泰戈尔等在北京景山庄士敦家门前。前排(坐):泰戈尔(左)、颜惠庆(右),立者(自左至右):徐志摩、任萨姆、格林、伽梨陀莎·那伽、林徽因、恩厚之、庄士敦、沈摩汉、润麒、难达婆薮

一九二四年四月,林徽因与泰戈尔等在北京景山庄士敦家门前

一九二四年四月，林徽因、梁思成与泰戈尔在北京

一九二四年四月,林徽因与泰戈尔等在北京。右起:徐志摩、林徽因、泰戈尔、恩厚之、林长民、张歆海、梁思成

一九二四年四月,林徽因与徐志摩(右)、泰戈尔(中)在北京

一九二四年五月八日,为庆祝泰戈尔六十四岁生日,林徽因饰演泰戈尔诗剧《齐德拉》中的公主

一九二四年五月八日，为庆祝泰戈尔六十四岁生日，林徽因饰演泰戈尔诗剧《齐德拉》中的公主

一九二四年五月八日，为庆祝泰戈尔六十四岁生日，林徽因饰演泰戈尔诗剧《齐德拉》中的公主

二十世纪二十年代中期的林徽因

一九二五年，林徽因与冰心（左）在美国绮色佳

一九二八年三月,林徽因身着自己设计的、具有中国特色的结婚礼服在加拿大渥太华留影

一九二八年三月，林徽因身着自己设计的、具有中国特色
的结婚礼服与梁思成在加拿大渥太华留影

一九二八年,蜜月中的林徽因在法国

一九二八年，蜜月中的林徽因在法国阿尔勒竞技场

一九二八年，蜜月中的林徽因在法国凡尔赛宫

一九二八年，蜜月中的林徽因在意大利罗马哈德良离宫

一九二八年,蜜月中的林徽因在意大利罗马埃斯特庄园喷泉旁

一九二八年，蜜月中的林徽因在意大利罗马斗兽场

一九二八年，蜜月中的林徽因与梁思成在意大利罗马

一九二八年，蜜月中的林徽因与梁思成在旅欧途中

一九二八年，蜜月中的林徽因与梁思成在旅欧途中

一九二八年，蜜月中的林徽因在法国亚勒斯教堂

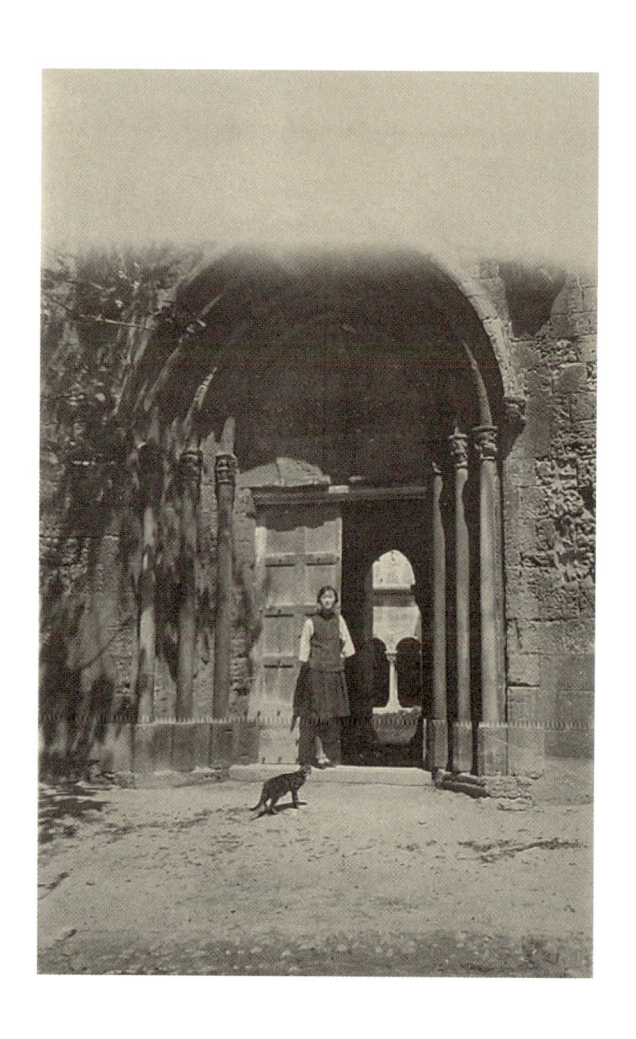

一九二八年，蜜月中的林徽因在旅欧途中

一九二八年,林徽因回福州期间,与亲属在父亲林长民创办的法政学堂前合影

一九二八年，林徽因在北平

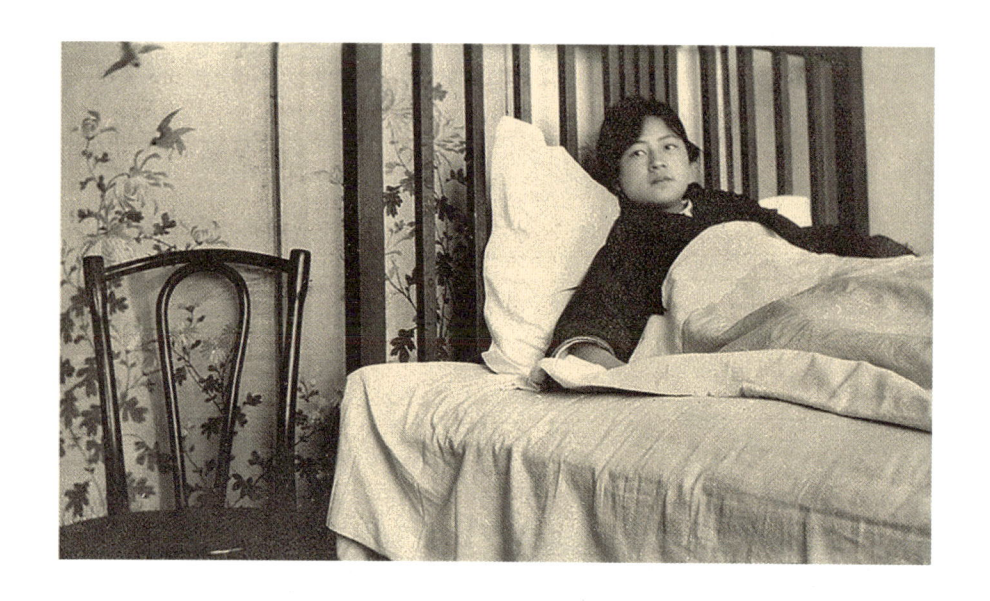

一九二九年八月，初为人母的林徽因在沈阳

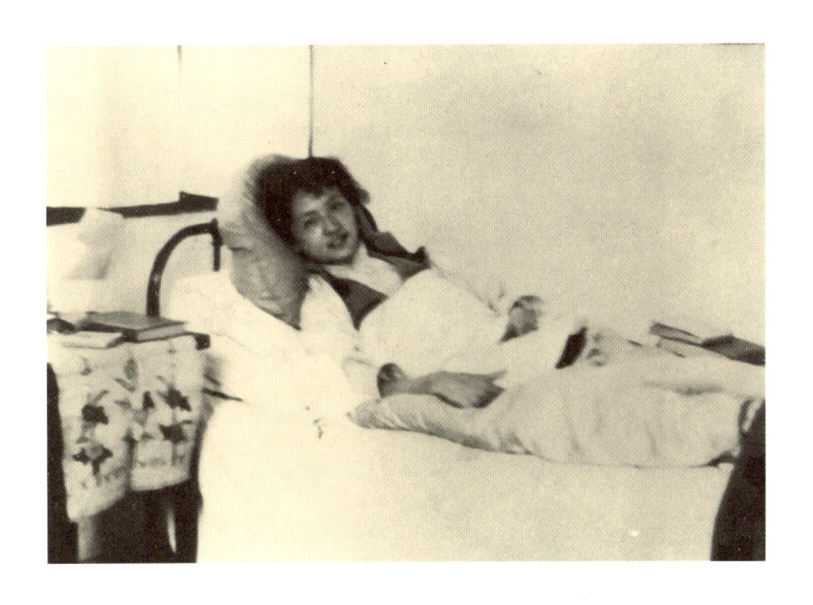

一九二九年，初为人母的林徽因在沈阳

一九二九年秋,林徽因怀抱出生二十七天的女儿梁再冰在沈阳

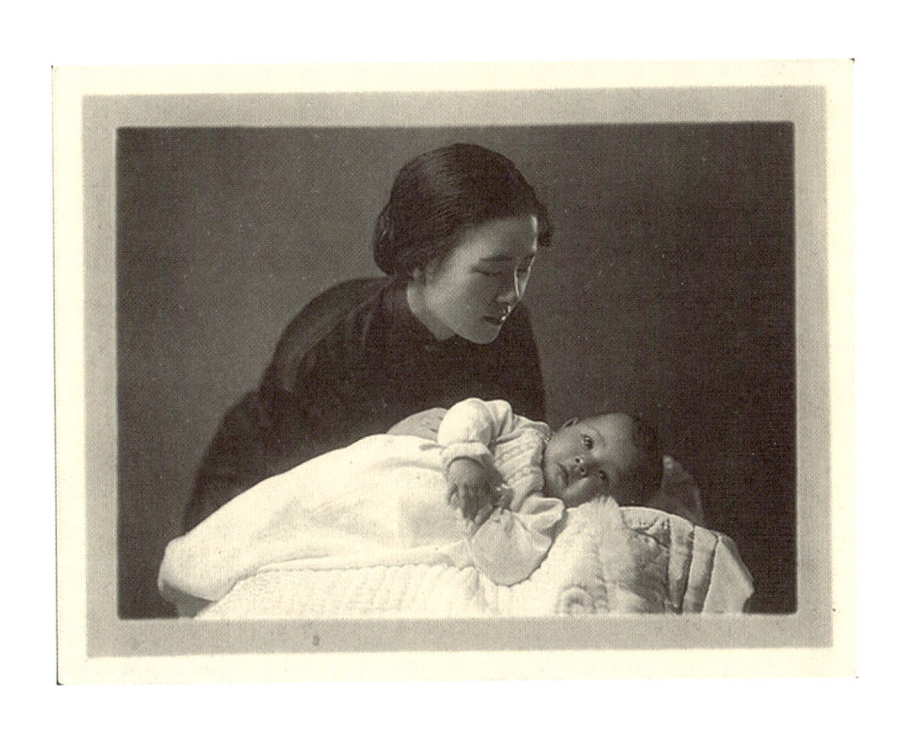

一九二九年秋冬之交,林徽因与女儿梁再冰在北平

一九二九年秋冬之交，林徽因与梁思成、母亲何雪媛、女儿梁再冰在北平

一九三〇年夏,林徽因与女儿梁再冰在沈阳

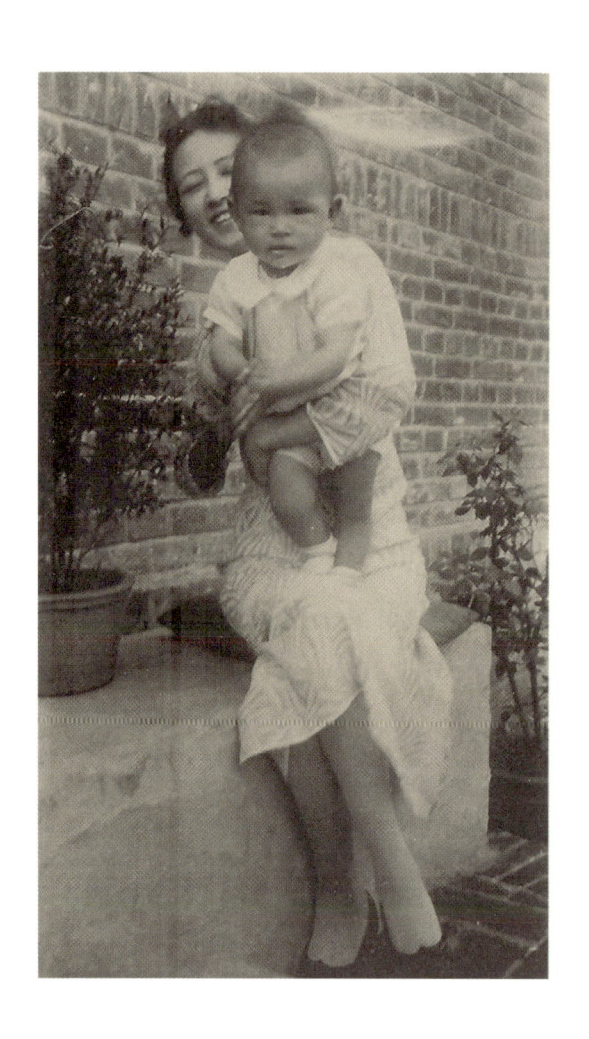

一九三〇年夏,林徽因与女儿梁再冰在沈阳

一九三〇年秋,林徽因与女儿梁再冰在沈阳

一九三〇年秋，林徽因与女儿梁再冰在沈阳

一九三〇年秋,林徽因与女儿梁再冰在沈阳

一九三一年，林徽因与女儿梁再冰在北平香山双清别墅院落旁

一九三一年,林徽因与女儿梁再冰及友人在北平香山双清别墅院落旁

一九三一年，林徽因与女儿梁再冰在北平香山

一九三一年,林徽因与梁思成(右一)、女儿梁再冰(右三)等在家中

一九三一年六月，林徽因与沈从文在北平达园

二十世纪三十年代初,林徽因在北平

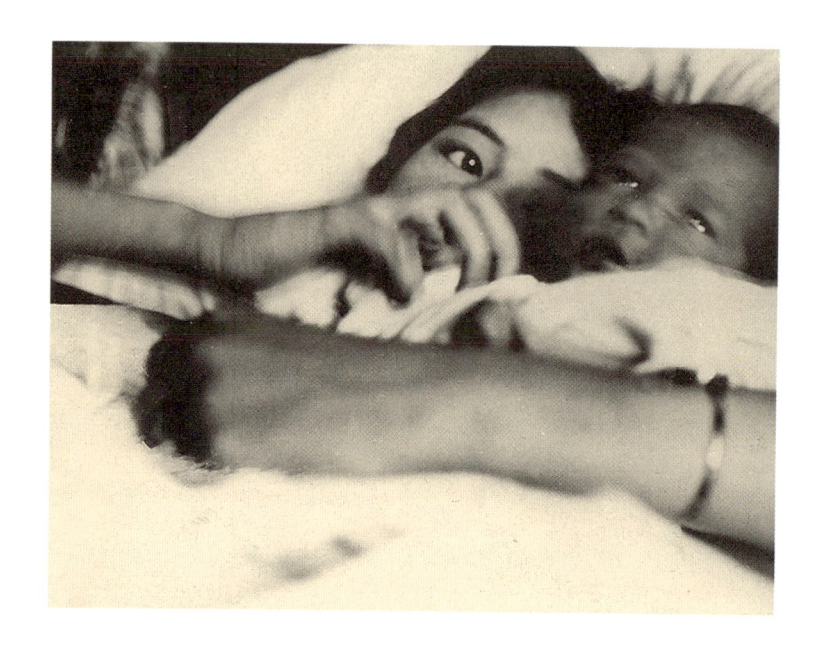

一九三二年，林徽因与刚出生的儿子梁从诫

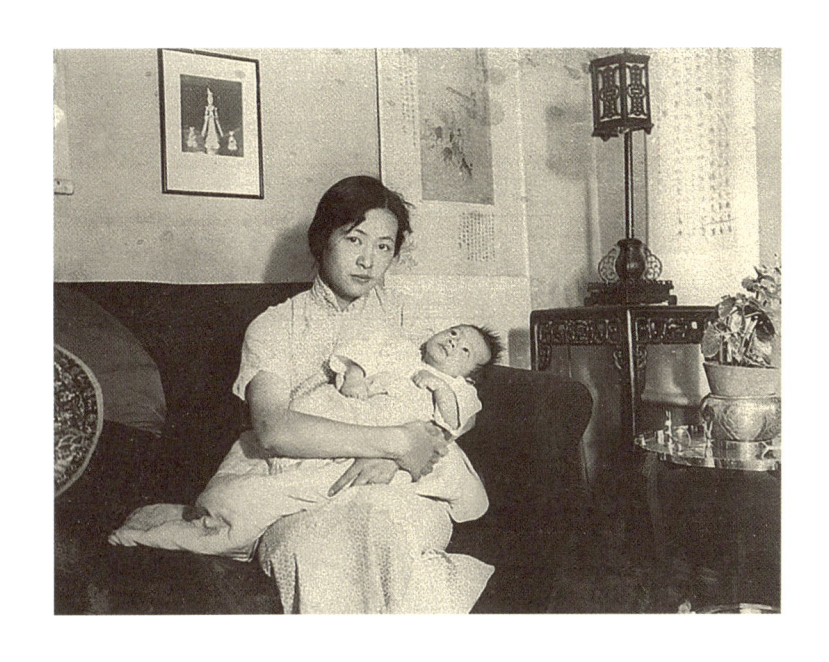

一九三二年，林徽因怀抱出生不久的儿子梁从诫

一九三二年，林徽因与女儿梁再冰

一九三二年，林徽因与女儿梁再冰、儿子梁从诫

一九三二年,林徽因与梁思庄(右一)、陈意(右五)、雷洁琼(右三)、女儿梁再冰(前立者)在燕京大学南阁前

一九三三年前后,林徽因与女儿梁再冰、儿子梁从诫在北平北总布胡同三号家中

一九三三年前后,林徽因与女儿梁再冰、儿子梁从诫在北平北总布胡同三号家中

一九三三年前后，林徽因与女儿梁再冰、儿子梁从诫在北平北总布胡同三号家中

一九三四年，林徽因在北平北总布胡同三号家中

一九三四年八月，林徽因在山西写作

一九三四年八月，林徽因在山西峪道河灵泉磨写作

一九三四年十一月，林徽因与梁思成在南京

一九三四年十一月,林徽因在南京

一九三五年春，在香山养病的林徽因

一九三五年，林徽因在北平北总布胡同三号家门前

一九三五年,林徽因在北平北总布胡同三号院中

一九三五年秋，林徽因在北平

一九三五年冬,从朝阳门外骑马归来的林徽因在北平北总布胡同三号院中

二十世纪三十年代，林徽因在北平北总布胡同三号家中

一九五三年九月，林徽因在"中国文学艺术工作者第二次代表大会在京代表报到表"上使用的照片

山中一個夏夜。

山中有一個夏夜,深得
像沒有底一樣,
黑影,松林籠罩的,
週圍沒有点亮光。

對山閃着:一盞燈——兩盞,
像夜的眼,夜的眼在看!

滿山的風全蹴着腳,
像星光落一樣;

林徽因诗作《山中一个夏夜》手迹

你来了，

你来了，画里楼阁立在山边，
交响曲，由风到风，草芥到天、
阳光支久个方向，谁管？你我
如同画里人，掉回头便就不见！

你来了，花开到深深的深红，
绿萍连经池塘上一层晓梦，
鸟唱着，树梢又藏着白云
却是我们悠忽翻过这重天空！

一九三四

林徽因诗作《你来了》手迹

灵感

是你,是花,是梦打这儿过,
此刻像风在摇动着我;
告诉日子重叠盘盘的山高,
清泉濯濯,流,彷佛往放的河,
孤游林里闲开着鲜妍花,
细香常萦着圆月静天里挂;
且有神仙纷纭的浮出紫烟,
衫裾飘忽,映影在山溪前;
铃,耳铃响,和,心合着唱,
直到窒魂舒展成条银河,
长长流在天上一千首歌!

是你是花,是梦,打这里儿过,
此刻像风在摇,动着我;
告诉日子是这样的不清晰,
当虫鸣响着想不到的一串铃,
树枝里轻声撑曳金镶上头,
低头①的斜阳,又一抹光辉;
蓠径僧前人老捧黄昏,脚下草,
高阁窗望着天上点骄傲,
留下檀香一木鱼合掌
在神龛前,在蒲团上,
楼外又楼外,幻想彩霞却变成
凤凰栏杆,挂起了塔头上灯!

二十四年十月徽因作于北平

深笑

是谁笑得那样甜,那样深,
那样圆转?一串串明珠
大小向着光亮,迸出天真!
清泉底浮动,泛流到水面上,
灿烂!
分散!

是谁笑得好花儿开了一朵?
那样轻盈,不惊起谁,
细香无意中,沾着风的去向,
拂上鬓发,象一左斜阳前
挂着
留恋。

是谁笑成这百层塔高耸,
让不知名鸟雀来盘旋?是谁
笑成这万千个风铃的转动,
从每一层琉璃的檐边
摇上
云天?

林徽因诗作《深笑》手迹

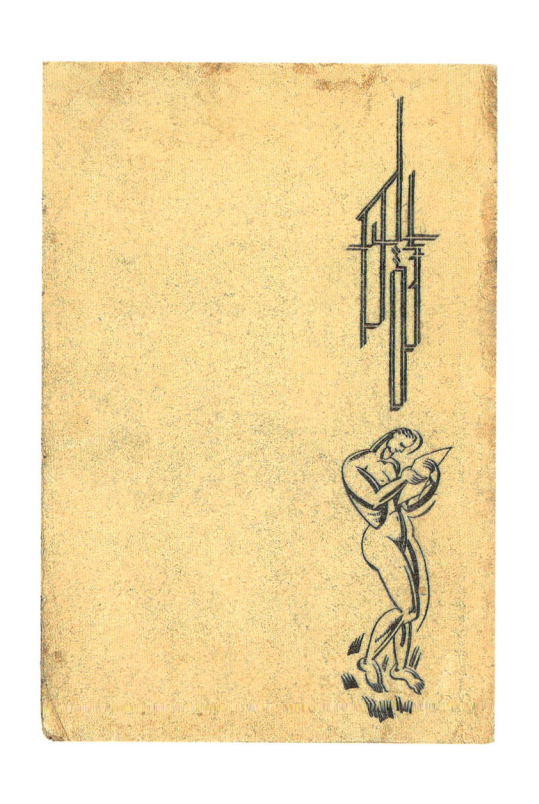

一九三一年四月《诗刊》第二期（刊有林徽因诗作《别丢掉》）

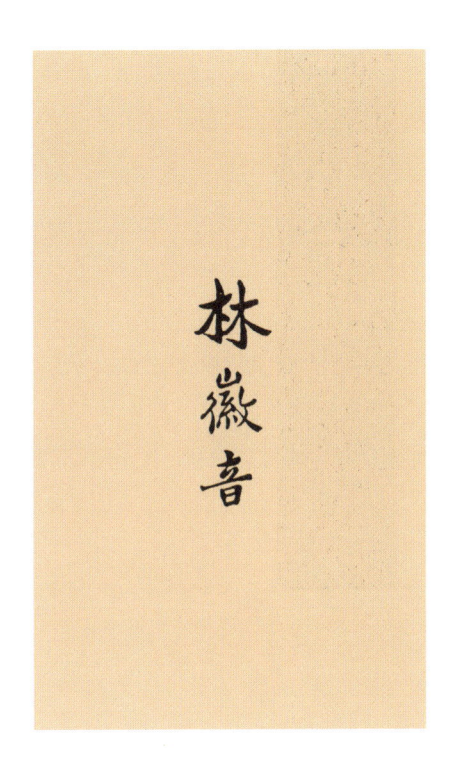

林徽因在更名之前使用的名片,上书"林徽音"

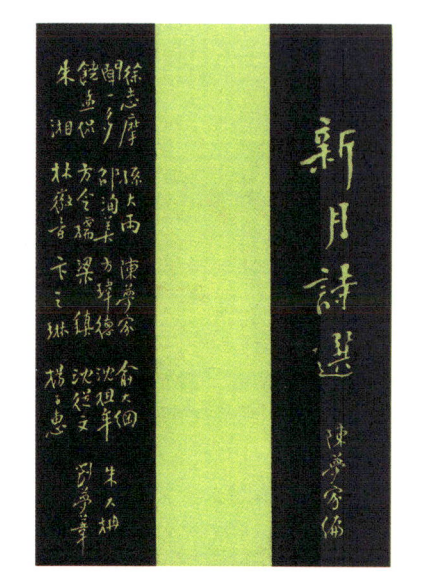

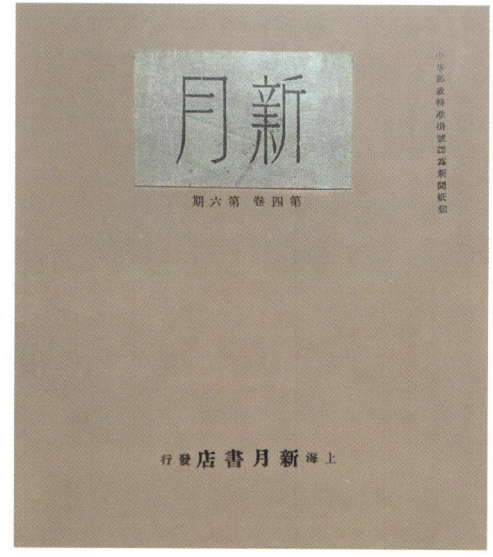

左 《新月诗选》(陈梦家编,一九三一年九月新月书店初版。刊有林徽因诗作《笑》《深夜里听到乐声》《情愿》《仍然》)

右 《新月》第四卷第六期(一九三三年三月一日,刊有林徽因诗作《莲灯》《中夜钟声》)

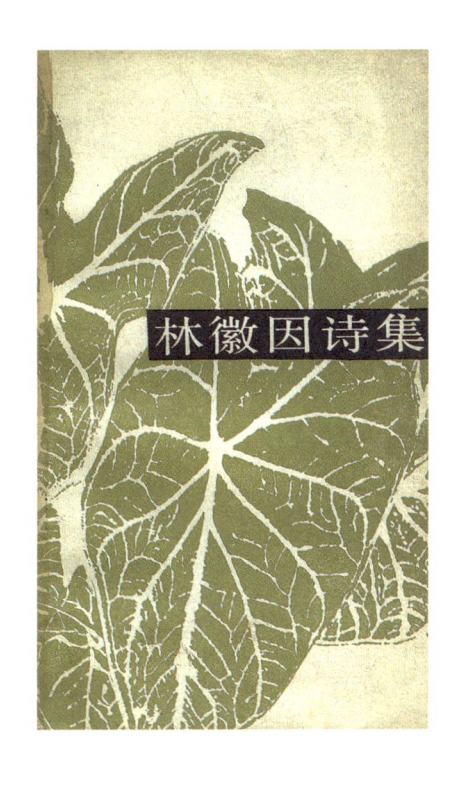

第一本林徽因作品集——《林徽因诗集》（一九八五年人民文学出版社初版）

左 《中国现代作家选集·林徽因》(陈钟英、陈宇编,
一九九二年人民文学出版社初版)
右 《中国现代作家选集·林徽因》(陈钟英、陈宇编,
一九九二年人民文学出版社·香港三联书店初版)

《林徽因全集》出版说明

　　林徽因，生于一九〇四年六月十日，卒于一九五五年四月一日。原名徽音。祖籍福建闽侯（今福建福州），出生在浙江杭州。中国现代著名诗人、建筑学家，中国新诗创作的开拓者，中华人民共和国国徽和人民英雄纪念碑的主要设计者，中国建筑史体系研究的先行者与奠基人之一。

　　《林徽因全集》完整收录了目前所能搜集并可公开发表的林徽因全部作品和文字，分为诗歌、散文、小说卷，戏剧、翻译、日记、中文书信卷，英文书信卷和建筑、美术卷，其中英文书信卷，建筑、美术卷根据写作时间和内容在卷中又分册。各卷册中篇目排列，循写作（或刊出）时间先后为序。整部全集全方位展现了林徽因先生在文学、建筑、美术领域的卓越成就。

　　全集由陈学勇、于葵、崔勇编注。王一珂整理、誊录了部分文稿。于葵、王烨炜、王骁勇、赵一诺、石媛翻译了部分文稿。全集中的作品，作者已发表的部分，均以最初发表的出版物为底本；未发表部分，均以手稿为底本。文字中错漏之处，更正字用"〔〕"标示，补充字用"〈〉"标示；漫漶无法识别处以"□"代之。

　　林徽因作品跨越多个专业领域，由于编注者学力不逮，加之专业局限，全集必然存在不足和遗憾，希望各界指正以期再版更趋完善。

在此，特别鸣谢林洙、梁再冰、梁从诫、吴荔明、杨友麒、常沙娜、沈龙珠、沈虎雏、Holly Fairbank、陈钟英、陈宇、曹汛、刘畅、永昕群及中国社会科学院近代史研究所、中国文化遗产研究院、中国现代文学馆、清华大学建筑学院、清华大学档案馆、首都图书馆、上海艺术品博物馆、人民美术出版社、美国宾夕法尼亚大学建筑设计学院等个人和单位。

人民文学出版社
二〇二四年十一月

诗歌、散文、小说卷说明

本卷收录迄今可以找到的林徽因诗歌、散文、小说领域的全部作品,部分林徽因诗歌系首次面世。编注者为陈学勇、于葵。其中外文部分翻译者为王烨炜。

目录

一 诗歌

- 002 "谁爱这不息的变幻"
- 003 那一晚
- 005 仍然
- 006 激昂
- 008 一首桃花
- 009 笑
- 010 深夜里听到乐声
- 011 山中一个夏夜
- 013 情愿
- 014 莲灯
- 015 中夜钟声
- 017 别丢掉
- 018 雨后天
- 019 微光
- 021 秋天,这秋天
- 025 忆
- 026 年关
- 028 你来了
- 029 你是人间的四月天
    ——一句爱的赞颂
- 030 Laughter
- 033 The Walk Desolate

036　吊玮德
039　城楼上
041　灵感
043　A New Meaning
047　深笑
049　风筝
051　静院
054　记忆
055　无题
056　题剔空菩提叶
057　藤花前
　　　——独过静心斋
058　黄昏过泰山
059　昼梦
061　旅途中
062　八月的忧愁
063　冥思
064　"九一八"闲走
065　唐缶小瓮
067　过杨柳
068　看叶子
069　红叶里的信念

- 074　山中
- 075　十月独行
- 076　静坐
- 077　空想
- 078　时间
- 079　古城春景
- 080　日子
- 081　前后
- 082　去春
- 083　除夕看花
- 084　春天田里漫步
- 085　一天
- 086　十一月的小村
- 088　哭三弟恒
     ——三十年空战阵亡
- 091　忧郁
- 092　对残枝
- 093　对北门街园子
- 094　昆明即景
- 097　孤岛
- 098　死是安慰
- 099　给秋天

- 101 人生
- 103 展缓
- 104 桥
- 106 恶劣的心绪
- 107 写给我的大姊
- 108 小诗（一）
- 109 小诗（二）
- 110 六点钟在下午
- 111 破晓
- 112 一串疯话
- 113 古城黄昏
- 114 诗
  ——自然的赠与
- 116 我们的雄鸡

一 散文

- 118 希望不因《软体动物》的公演引出硬体的笔墨官司
- 122 悼志摩
- 130 惟其是脆嫩
- 133 第一幕
- 137 山西通信
- 140 窗子以外
- 148 纪念志摩去世四周年
- 154 蛛丝和梅花
- 158 《文艺丛刊小说选》题记
- 162 究竟怎么一回事
- 167 彼此
- 172 一片阳光

一 小说

- 178　窘
- 195　九十九度中
- 214　钟绿
　　——模影零篇之一
- 225　吉公
　　——模影零篇之二
- 235　文珍
　　——模影零篇之三
- 244　绣绣
　　——模影零篇之四

诗歌

林徽因全集

「谁爱这不息的变幻」

> 初刊于一九三一年四月《诗刊》第二期，署名当期误为「薇音」，下一期更正为林徽音。写作时间为一九三一年四月十二日。
>
> 作者的诗歌作品具体写作时日部分可确考。部分诗歌作品后有作者自注的日期，体例不一。本集中诗歌作品的排列顺序首先依据作者写作时间，其次依据诗歌发表时间。

谁爱这不息的变幻，她的行径？
　催一阵急雨，抹一天云霞，月亮，
　星光，日影，在在都是她的花样，
更不容峰峦与江海偷一刻安定。
骄傲的，她奉着那荒唐的使命：
　看花放蕊树凋零，娇娃做了娘；
　叫河流凝成冰雪，天地变了相；
都市喧哗，再寂成广漠的夜静！
　虽说千万年在她掌握中操纵，
她不曾遗忘一丝毫发的卑微。
难怪她笑永恒是人们造的谎，
　来抚慰恋爱的消失，死亡的痛。
但谁又能参透这幻化的轮回，
谁又大胆的爱过这伟大的变幻？

香山　四月十二日

那一晚

初刊于一九三一年四月《诗刊》第二期,署名尺棰。

那一晚我的船推出了河心,
澄蓝的天上照着有密密的星。
那一晚两岸里闪映着灯光;
你眼里含着泪,我心里着了慌。
那一晚你的手牵着我的手,
迷惘的星夜封锁起重愁。
那一晚你和我分定了方向,
两人各认取个生活的模样。

到如今我的船仍然在海面飘,
细弱的桅杆常在风涛里摇。
到如今太阳只在我背后徘徊
层层的阴影留守在我的周围。
到如今我还记着那一晚的天
星光,眼泪,白茫茫的江边!
到如今我还想念你岸上的耕种:
红花儿黄花儿朵朵的生动。

那一天我希望要走到了顶层,
蜜一般酿出那记忆的滋润。
那一天我要挎上带羽翼的箭,

望着你花园里射一个满弦。
那一天你要听到鸟般的歌唱,
那便是我静候着你的赞赏。
那一天你要看到零乱的花影,
那便是我私闯入当年的边境!

仍然

初刊于一九三一年四月《诗刊》第二期,署名尺棰。

你舒伸得像一湖水向着晴空里
白云,又像是一流冷涧澄清
许我循着林岸穷究你的泉源:
我却仍然怀抱着百般的疑心
对你的每一个映影!

你展开像个千瓣的花朵,
鲜妍是你的每一瓣,更有芳沁,
那温存袭人的花气,伴着晚凉:
我说花儿,这正是春的捉弄人,
来偷取人们的痴情!

你又学叶叶的书篇随风吹展,
揭示你的每一个深思;每一角心境,
你的眼睛望着我,不断的在说话:

我却仍然没有回答,一片的沉静
永远守住我的魂灵。

激昂

> 初刊于一九三一年九月《北斗》创刊号,署名林徽音。写作时间为一九三一年五月。

我要借这一时的豪放
和从容,灵魂清醒的
再喝一泉甘甜的鲜露,
来挥动思想的利剑,
舞它那一瞥最敏锐的
锋芒,像皑皑塞野的雪
在月的寒光下闪映,
喷吐冷激的辉艳;——斩,
斩断这时间的缠绵,
和猥琐网布的纠纷,
剖取一个无瑕的透明,
看一次你,纯美,
你的裸露的庄严。
……
　　　　然后踩登
任一座高峰,攀牵着白云
和锦样的霞光,跨一条
长虹,瞰临着澎湃的海,
在一穹匀净的澄蓝里,
书写我的惊讶与欢欣,
献出我最热的一滴眼泪,

我的信仰，至诚，和爱的力量，
永远膜拜，
膜拜在你美的面前！

五月　香山

一首桃花

> 初刊于一九三一年十月五日《诗刊》第三期,署名林徽音。写作时间为一九三一年五月。

桃花,

那一树的嫣红,

像是春说的一句话:

朵朵露凝的娇艳,

是一些

玲珑的字眼,

一瓣瓣的光致,

又是些

柔的匀的吐息;

含着笑,

在有意无意间

生姿的顾盼。

看,——

那一颤动在微风里

她又留下,淡淡的,

在三月的薄唇边,

一瞥,

一瞥多情的痕迹!

二十年五月　香山

笑

> 初刊于一九三一年十月五日《诗刊》第三期,署名林徽音。

笑的是她的眼睛,口唇,
和唇边浑圆的漩涡。
流转如同露珠,
朵朵的笑向
贝齿的闪光里躲。
那是笑 —— 诗的笑,画的笑:
水的映影,风的轻歌。

笑的是她惺松的鬈发
散乱的挓〔挨〕着她耳朵:
轻软如同花影,
痒痒的甜蜜
涌进了你的心窝。
那是笑 —— 神的笑,美的笑:
云的留痕,浪的柔波。

深夜里听到乐声

初刊于一九三一年十月五日《诗刊》第三期，署名林徽音。

这一定又是你的手指，
轻弄着，
在这深夜，稠密的悲思。

别怪我颊边泛上了红，
静听着，
这异样的弦索的生动。

一声听在我心底穿过，
我懂得
这凄凉，但我怎能应和？

生命早描定了她的式样；
太薄弱
是人们的美丽的想象！

除非在梦里有怎〔这〕么一天，
你和我
同来攀动那根希望的弦！

山中一个夏夜

> 初刊于一九三三年六月一日《新月》第四卷第七期,署名林徽音。一九四八年七月重新发表时个别文字略有改动。此诗写作时间据手迹为一九三一年。

山中有一个夏夜,深得

像没有底一样;

黑影,松林密密的;

周围没有点光亮。

  对山闪着只一盏灯 —— 两盏

  像夜的眼,夜的眼在看!

满山的风全蹑 *手迹作"巅"。着脚

像是走路一样;

躲过了各处的枝叶

各处的草,不响。

  单是流水,不断的在山谷上

  石头的心,石头的口在唱。

均匀的一片静,罩下

像张软垂的幔帐。

疑问不见了,四角里

  模糊,是梦在窥探?

夜像在祈祷，无声的在期望，

幽馥的虔诚在无声里布漫。*现存诗作手
迹第三节为：
虫鸣织成那一片静，寂寞像垂下的帐幔；
仲夏山林在内中睡着，幽香四下里浮散。
黑影枕着黑影，默默的无声，夜的静，却有夜的耳在听！

一九三一年 *此诗写作时间作者于一九四八年七月二十五日《平民日报·星期艺文》第六十六期重新发表时所标为一九三〇年，疑有误。

香山来涛〔青〕轩

情愿

初刊于一九三一年十月五日《诗刊》第三期,署名林徽音。

我情愿化成一片落叶,
让风吹雨打到处飘零;
或流云一朵,在澄蓝天,
和大地再没有些牵连;

但抱紧那伤心的标帜,
去触遇没着落的怅惘,
在黄昏,夜半,蹑着脚走,
全是空虚,再莫有温柔;

忘掉曾有这世界;有你;
哀悼谁又曾有过爱恋;
落花似的落尽,忘了去
这些个泪点里的情绪。

到那天一切都不存留,
比一闪光,一息风更少
痕迹,你也要忘掉了我
曾经在这世界里活过。

莲灯

初刊于一九三三年三月一日《新月》第四卷第六期,正文署名徽音,目录栏为林徽音。写作时间为一九三二年八月十六日。

如果我的心是一朵莲花,
正中擎出一支点亮的蜡,
荧荧虽则单是那一剪光,
我也要它骄傲的捧出辉煌;
不怕它只是我个人的莲灯
照不见前后崎岖的人生 ——
浮沉它依附着人海的浪涛
明暗自成了它内心的秘奥。
单是那光一闪花一朵 ——
像一叶轻舸驶出了江河 ——
宛转它漂随命运的波涌
等候那阵阵风向远处推送。
算做一次过客在宇宙里,
认识这玲珑的生从容的死,
这飘忽的途程也就是个 ——
也就是个美丽美丽的梦。

廿一年七月半*此系阴历。　香山

中夜钟声

> 初刊于一九三三年三月一日《新月》第四卷第六期,正文署名徽音,目录栏为林徽音。

钟声
　　敛住又敲散
　　　　一街的荒凉
听——
　　那圆的一颗颗声响
　　直沉下时间
　　　　　　静寂的
　　　　　　　　咽喉。
像哭泣,
像哀恸,
将这僵黑的
中夜
　　葬入
　　那永不见曙星的
　　　空洞——

轻——重,
——重——轻……
这摇曳的一声声,
　　又凭谁的主意
　　把那余剩的忧惶

随着风冷 ——
　　纷纷
　　　掷给还不成梦的
　　　　　　人。

别丢掉

初刊于一九三六年三月十五日《大公报·文艺副刊》第一百一十期,署名林徽因。此期为"星期特刊"。写作时间为一九三二年夏。

别丢掉
这一把过往的热情,
现在流水似的,
轻轻
在幽冷的山泉底,
在黑夜,在松林,
叹息似的渺茫,
你仍要保存着那真!
一样是月明,
一样是隔山灯火,
满天的星,
只使人不见,
梦似的挂起,
你问黑夜要回
那一句话——
你仍得相信
山谷中留着
有那回音!

二十一年夏

雨后天

> 初刊于一九三六年三月十五日《大公报·文艺副刊》第一百一十期,署名徽因。此期为「星期特刊」。写作时间为一九三二年十月一日。

我爱这雨后天,
这平原的青草一片!
我的心没底止的跟着风吹,
风吹:
吹远了草香,落叶,
吹远了一缕云,像烟——
像烟。

二十一年十月一日

微光

> 初刊于一九三三年九月二十七日《大公报·文艺副刊》第二期,署名徽音。写作时间为一九三三年九月。

街上没有光,没有灯,
店廊上一角挂着有一盏;
他和她把他们一家的运命
含糊的,全数交给这黯淡。

街上没有光,没有灯,
店窗上,斜角,照着有半盏。
合家大小朴实的脑袋,
并排儿,熟睡在土炕上。

外边有雪夜;有泥泞;
沙锅里有不够明日的米粮;
小屋,静守住这微光,
缺乏着生活上需要的各样。

缺的是把干柴;是杯水;麦面……
为这吃的喝的,本说不到信仰,——
生活已然,固定的,单靠气力,
在肩臂上边,来支持那生的胆量。

明天,又明天,又明天……
一切都限定了,谁还说希望,——
便使是做梦,在梦里,闪着,
仍旧是这一粒孤勇的光亮?

街角里有盏灯,有点光,
挂在店廊;照在窗槛;
他和她,把他们一家的运命
明白的,全数交给这凄惨。

二十二年九月

秋天,这秋天

> 初刊于一九三三年十一月十八日《大公报·文艺副刊》第十七期,署名徽音。写作时间为一九三三年十一月中旬。

这是秋天,秋天,——
风还该是温软;
太阳仍笑着那微笑,
闪着金银;夸耀
他实在无多了的
最奢侈的早晚!
这里那里,在这秋天,
斑彩错置到各处
山野,和枝叶中间,
像醉了的蝴蝶,或是
珊瑚珠翠,华贵的失散,
缤纷降落到地面上。
这时候心得像歌曲;
由山泉的水光里闪动,
浮出珠沫,溅开
山石的喉嗓唱。
这时候满腔的热情
全是你的,秋天懂得,
秋天懂得那狂放,——
秋天爱的是那不经意

不经意的零乱!

但是秋天,这秋天,
他撑着梦一般的喜筵,
不为的是你的欢欣:
他撒开手,一掬缨络,
一把落花似的幻变,
还为的是那不定的
悲哀,归根儿蒂结住
在这人生的中心!
一阵萧萧的风,起自
昨夜西窗的外沿,
摇着梧桐树哭。——
起始你怀疑着:
荷叶还没有残败;
小划子停在水流中间;
夏夜的细语,夹着虫鸣,
还信得过仍然偎着
耳朵旁温甜;
但是梧桐叶带来桂花香,
已打到灯盏的光前。
一切都两样了,他闪一闪说,
只要一夜的风,一夜的幻变。

冷雾迷住我的两眼,
在这样的深秋里,

你又同谁争？现实的背面
是不是现实，荒诞的，
果属不可信的虚妄？
疑问抵不住简单的残酷，
再别要悯惜流血的哀惶，
趁一次里，要认清
造物更是摧毁的工匠。
信仰只一细炷香，
那点子亮再经不起西风
沙沙的隔着梧桐树吹！
如果你忘不掉，忘不掉
那同听过的鸟啼；
同看过的花好，信仰
该在过往的中间安睡。……
秋天的骄傲是果实，
不是萌芽，——生命不容你
不献出你积累的馨芳；
交出受过光热的每一层颜色；
点点沥尽你最难堪的酸怆。

      这时候，
切不用哭泣；或是呼唤；
更用不着闭上眼祈祷；
（向着将来的将来空等盼）；
只要低低的，在静里，低下去
已困倦的头来承受，——承受

这叶落了的秋天,
听风扯紧了弦索自歌挽:
这秋,这夜,这惨的变换!

　　　　　　二十二年十一月中旬

忆

> 初刊于一九三四年六月《学文》第一卷第二期,署名徽音。写作时间为一九三三年年末。

新年等在窗外,一缕香,
枝上刚放出一半朵红。
心在转,你曾说过的
几句话,白鸽似的盘旋。

我不曾忘,也不能忘
那天的天澄清的透蓝,
太阳带点暖,斜照在
每棵树梢头,像凤凰。

是你在笑,仰脸望,
多少勇敢话那天,你我
全说了,—— 像张风筝
向蓝穹,凭一线力量。

二十二年年岁终

年关

初刊于一九三四年二月二十一日《大公报·文艺副刊》第四十三期;署名林徽音。写作时间为一九三四年二月十三日(农历除夕)。

那里来,又向那里去,
这不断,不断的行人,
奔波杂逻〔沓〕的,这车马?
红的灯光,绿的紫的,
织成了这可怕,还是
可爱的夜? 高的楼影
渺茫天上,都象征些
什么现象? 这噪聒中
为什么又凝着这沉静;
这热闹里,会是凄凉?

这是年关,年关,有人
由街头走着,估计着,
孤另〔零〕的影子斜映着。
一年,又是一年辛苦,
一盘子算珠的艰和难。
日中你敛住气,夜里
你喘,一条街,一条街,
跟着太阳灯光往返,——
人和人,好比水在流,

人是水,两旁楼是山!

　一年,一年,
连年里,这穿过城市
胸腑的辛苦,成千万,
成千万人流的血汗,
才会造成了像今夜
这神奇可怕的灿烂!
看,街心里横一道影
灯盏上开着血印的花
夜在凉雾和尘沙中
进展,展进,许多口里
在喘着年关,年关……

二十三年废历除夕

你来了

> 初刊于一九三六年十二月《新诗》第三期时与《空想》《"九一八"闲走》《藤花前——独过静心斋》《旅途中》并题为《空想（外四章）》，署名林徽因。写作时间为一九三四年。此诗根据手迹刊印，与正式发表版本在个别字句、标点上有差异。

你来了，画里楼阁立在山边，
交响曲，由风到风，草青到天！
阳光投多少个方向，谁管？你，我
如同画里人，掉回头，便就不见！
你来了，花开到深深的深红，
绿萍遮住池塘上一层晓梦，
鸟唱着，树梢交织着枝柯，——白云
却是我们，悠〔倏〕忽翻过几重天空！

* 诗的最后两句后被作者改为："鸟唱着，树梢头织起细细交柯——白云却是我们，翻过好几重天空。"

一九三四

你是人间的四月天
—— 一句爱的赞颂

> 初刊于一九三四年五月《学文》第一卷第一期,署名徽音。

我说你是人间的四月天;
笑响点亮了四面风;轻灵
在春的光艳中交舞着变。

你是四月早天里的云烟,
黄昏吹着风的软,星子在
无意中闪,细雨点洒在花前。

那轻,那娉婷,你是,鲜妍
百花的冠冕你戴着,你是
天真,庄严,你是夜夜的月圆。

雪化后那片鹅黄,你像;新鲜
初放芽的绿,你是;柔嫩喜悦
水光浮动着你梦期待中白莲。

你是一树一树的花开,是燕
在梁间呢喃,—— 你是爱,是暖,
是希望*作者后将"希望"改作"诗的一篇",你是人间的四月天!

Laughter

To learn to laugh again,
With warm ripples that surge from beneath
The shining pearls as if by magic come,
Tossed and fumbled and at last strung
Into a long bright line of spirited mouth
That swung
Between heart and heart
Heaven and yet another Heaven!
......

Laughing into such magnificent, spiraled
Height, that you rise up to its pinnacle
Like alert bird circling, on wings
Bore on clouds whose ascents are
The god-made ways of god, the poet!
You may then come dizzily down to the base,
To the root, the hidden bubbling spring
Or the secret transiout? well, that lie
Deep deep below a thousand feet,
Unhurt, unruffled by the mad difference
Of a space and height that marks a period

Of time too short even to bear measurement.
……

This is certainly life's most extravagant
Repaying to its other moods and pain.

1934

[译文]

笑

重新学会微笑
似深潭里泛起温柔的涟漪
流光溢彩的珍珠,美得好不真实
细碎飘摇编织成一串
明丽的波纹挂在动人的唇边
荡漾
从这颗心到那颗心
从一个天堂去往另一个天堂!
……

笑声萦绕升至渺远的高处
你亦随之抵达那顶端
像机警的鸟儿振翅盘旋
被托起在云端,此飞行之道
是神灵的神迹,是诗兴的迸发!

旋即你又晕眩地向下坠落

至最幽深处,那里藏着涌动的清泉

或是千尺下隐秘的深井

在这疯狂的飞升坠落间

你毫发无伤、不曾凌乱

这空间的变换、高度的落差仅在一瞬

快得甚至无法衡量

……

历经生活的忧惶和苦难

这无疑是生命最丰厚的回报。

一九三四年

The Walk Desolate

根据手迹刊印。原诗系英文，写作时间为一九三四年。作者生前未曾发表。

Dusk spreads itself over narrow streets
—The Peking lanes that bend and bend,
Centuries famous for dust and dirt
(and are) really no place for walking,
With heart so sad and so laden;
Not mentioning the rain,
Those drip-drops sloppy wet, that seal
Sorrows over your lowered head, and wind blown hair,
And dampen more mud close up on quiet heal.

But one has to walk and walk somewhere,
Somewhere—to get to the depth
Of one's desolate self, if ever,
For something to ease this blending to fever
One calls feeling—
That lies smothered beneath and beneath;
And to lean
Perhaps on further pain
For strength!

And by chance you look through the open

Over and beyond the despair,
There may hang still a sunset,
Burnt ashes of brighter air
Miserably mixed up at the end
Of the crooked street, to brighten
Each of your foot-falls
That walk deeper into shadow and the night
While you turn and follow
With no thoughts of sky or even
Colour of your own creation
And call not what dull tight
Stretch of ache and silence
You carry for burden.

1934

[译文]

荒凉的独行

暮色铺满狭窄的街道
一条条北平胡同蜿蜒盘绕
蒙尘披垢了数百年
从来不是散步的去处
心是如此的悲凉与沉重
更不必说天还飘着雨
阴冷濡湿,一滴滴
将悲伤闷在你低垂的头,风吹乱发丝

又卷起更多泥水打湿你沉默的脚步

可是人总要不停地走啊走,去往某处
某处 —— 一步步深入
自己孤独的内心,只希望
能找到什么来抚平这份焦心
一个称之为"感觉"的存在 ——
它压抑在深处的深处;
或许需要依靠
更多的痛苦
才能生出新的力量!

你的视线蓦然朝向开阔处
越过绝望的尽头
那里一轮落日或许仍悬在天际
燃烧的灰烬,明亮的空气
伤感地凝聚在
曲折的街道尽头,照亮
你走入暗影与夜色的
每一个脚步
当你转身或是继续前行
不去想天空或是
自己创造的色彩
那种被疼痛和沉默
撕扯着的喑哑的紧绷
也不再是你背负的沉重。

一九三四年

吊玮德

初刊于一九三五年六月《文艺月刊》第七卷第六期，署名林徽因。写作时间为一九三五年五月十日。诗人方玮德病逝于五月九日。

玮德，是不是那样，
你觉到乏了，有点儿
不耐烦，
并不为别的缘故
你就走了，
向着那一条路？

玮德你真是聪明；
早早的让花开过了
那顶鲜妍的几朵，
就选个这样春天的清晨，
挥一挥袖
对着晓天的烟霞
走去，轻轻的，轻轻的
背向着我们。
春风似的不再停住！

春风似的吹过，
你却留下
永远的那么一颗
少年人的信心；

少年的微笑

和悦的

洒落在别人的新枝上。

我们骄傲

你这骄傲

但你,玮德,独不惆怅

我们这一片

懦弱的悲伤?

黯淡是这人间

美丽不常走来

你知道。

歌声如果有,也只在

几个唇边旋转!

一层一层尘埃,

凄怆是各样的安排,

即使狂飙不起,狂飙不起,

这远近苍茫,

雾里狼烟,

谁还看见花开!

你走了,

你也走了,

尽走了,再带着去

那些儿馨芳,

那些个嘹亮,

明天再明天,此后

寂寞的平凡中
都让谁来支持?
一星星理想，难道
从此都空挂到天上?

玮德你真是个诗人
你是这般年轻，好像
天方放晓，钟刚敲响……
你却说倦了，有点儿
不耐烦忍心，
一条虹桥由中间拆断;
情愿听杜鹃啼唱，
相信有明月长照，
寒光水底能依稀映成
那一半连环
憬憧中
你诗人的希望!

玮德是不是那样
你觉得乏了，人间的怅惘
你不管;
莲叶上笑着展开
浮烟似的诗人的脚步。
你只相信天外那一条路?

廿四年五月十日　北平

城楼上

> 初刊于一九三五年十一月八日《大公报·文艺副刊》第三十九期，署名徽因。此期为「诗特刊」。写作时间为一九三五年十月。

你说什么？
鸭子，太阳，
城墙下那护城河？
——我？
我在想，
——不是不在听——
想怎样
从前，……
——
对了，
也是秋天！

你也曾去过，
你？那小树林？
还记得么；
山窝，红叶像火？
映影
湖心里倒浸，
那静？
天！……
（今天的多蓝，你看！）

白云,
像一缕烟。

谁又啰嗦?
你爱这里城墙,
古墓,长歌,
蔓草里开野花朵。
好,我不再讲
从前的,单想
我们在古城楼上
今天,——
白鸽,
(你准知道是白鸽?)
飞过面前。

二十四年十月

灵感

> 初刊于一九八五年三月人民文学出版社出版的《林徽因诗集》,写作时间为一九三五年十月。作者生前未曾发表。此诗根据手迹刊印。

是你,是花,是梦,打这儿过,
此刻像风在摇动着我;
告诉日子重叠盘盘的山窝;
清泉潺潺流动转狂放的河;
孤僻林里闲开着鲜妍花,
细香常伴着圆月静天里挂;
且有神仙纷纭的浮出紫烟,
衫裾飘忽映影在山溪前;
给人的理想和理想上
铺香花,叫人心和心合着唱;
直到灵魂舒展成条银河,
长长流在天上一千首歌!

是你,是花,是梦,打这里儿过,
此刻像风,在摇动着我;
告诉日子是这样的不清醒;
当中偏响着想不到的一串铃,
树枝里轻声摇曳;金镶上翠,
低了头的斜阳,又一抹光辉。
难怪阶前人忘掉黄昏,脚下草,
高阁古松,望着天上点骄傲;

留下檀香，木鱼，合掌
在神龛前，在蒲团上，
楼外又楼外，幻想彩霞却缀成
凤凰栏杆，挂起了塔顶上灯！

　　　　　　二十四年十月　徽因作于北平

A New Meaning

根据手迹刊印。原诗系英文，写作时间为一九三五年十月。作者生前未曾发表。

For a short moment today

The earth held for me

A new meaning.

Something fresh came forth, in between

A rock that was rock

And a deep spring, that always

Makes a secret in its singing.

Be it beauty or nothing,

A star, or merely a flicker

Of life's necessary breath,

On its wings struggling,—

The short moment passed,

I spent no time in questioning!

Besides, it was then

My eyes grew dim

To light, my mind suddenly overturned

Emptying such of my wealth,

Weights and shades, experiences, as link

Like jewels and rubbish on one string.

Who is there then,
To tell me
What the old earth was bringing,—
Whether it be a Gift or a Burden?

The old earth himself might know.
But who would risk the asking?
Remember "thou dust return to dust"?
So insignificant are we to him!
So, for me, I will always just
Catch my breath and yet breathe;
And call it: a new meaning.

Oct. 1935

[译文]

新的意义

今天短暂的瞬间
大地向我展示了
一种新的意义。
鲜活的事物萌发，
在颤动的石头
和幽深的泉水间，
歌声中久久吟唱着秘密。

无论美好抑或虚无，
是一颗星，或仅仅闪烁的微光
如生命呼吸的刹那
奋力鼓动双翼的瞬间 ——
那一刻转瞬即逝，
我却来不及去追询！

此外，就在那时
我的视线变得模糊
向着光亮，我的思绪蓦然起伏
倾泻出我的所有
沉重、暗影和经历，
好似在一条绳上，
既有宝石，
又有垃圾。

那么，有谁
可以告诉我
古老的大地曾给予我们什么 ——
是恩赐
还是负担？

也许古老的土地自己深知。
可谁又会斗胆去叩问？
还记得"尘归于尘，土归于土"吗？
对他而言，我们是如此卑微渺小！

所以，对我而言，
我将永远珍视自己的一呼一吸；
并称之为：新的意义。

一九三五年十月

深笑

> 初刊于一九三六年一月五日《大公报·文艺副刊》第二十七期,署名林徽因。一九四八年七月重新发表时个别文字略有改动。写作时间为一九三五年。

是谁笑得那样甜,那样深,
那样圆转?一串一串明珠
大小闪着光亮,迸出天真!
清泉底浮动,泛流到水面上,
　　灿烂,
分散!

是谁笑得好花儿开了一朵?
那样轻盈,不惊起谁。
细香无意中,随着风过,
拂在短墙,丝丝在斜阳前
　　挂着
留恋。

是谁笑成这百层塔高耸,
让不知名鸟雀来盘旋?是谁
笑成这万千个风铃的转动,
从每一层琉璃的檐边

摇上
云天?

一九三五年*该诗写作时间系作者于一九四八年七月二十五日《平明日报·星期艺文》第六十六期重新发表时所标定。

北平

风筝

> 初刊于一九三六年二月十四日《大公报·文艺副刊》第三十九期,署名徽因。写作时间为一九三六年一月十一日。

看,那一点美丽
会闪到天空!
几片颜色,
挟住双翅,
心,缀一串红。

飘摇,它高高的去,
逍遥在太阳边
太空里闪
一小片脸,
但是不,你别错看了
错看了它的力量,
天地间认得方向!
它只是
轻的一片,
一点子美
像是希望,又像是梦;
一长根丝牵住
天穹,渺茫 ——
高高推着它舞去,
白云般飞动,

它也猜透了不是自己,
它知道,知道是风!

正月十一日

静院

> 初刊于一九三六年四月十二日《大公报·文艺副刊》第一百二十二期,署名徽因。此期为「星期特刊」。写作时间为一九三六年一月。

你说这院子深深的 ——
美从不是现成的。
这一掬静,
到了夜,你算,
就需要多少铺张?
月圆了残,叫卖声远了,
隔过老杨柳,一道墙,又转,
初一?凑巧谁又在烧香,……
离离落落的满院子,
不定是神仙走过,
仅是迷惘,像梦,……
窗槛外或者是暗的,
或透那么一点灯火。

这掬静,院子深深的
—— 有人也叫它做情绪 ——
情绪,好,你指点看
有不有轻风,轻得那样
没有声响,吹着凉?
黑的屋脊,自己的,人家的,
兽似的背耸着,又像

寂寞在嘶声的喊!
石阶,尽管沉默,你数,
多少层下去,下去,
是不是还得阑杆,斜斜的
双树的影去支撑?

对了,角落里边
还得有人低着头脸。
会忘掉又会记起,—— 会想,
—— 那不论 —— 或者是
船去了,一片水,或是
小曲子唱得嘹亮;
或是枝头粉黄一朵,
记不得谁了,又向谁认错!
又是多少年前,—— 夏夜,
有人说:
"今夜,天,……"(也许是秋夜)
又穿过藤萝,
指着一边,小声的,"你看,
星子真多!"
草上人描着影子;
那样点头,走,
又有人笑,……

静,真的,你可相信
这平铺的一片 ——
不单是月光,星河,

雪和萤虫也远——
夜，情绪，进展的音乐，
如果慢弹的手指
能轻似蝉翼，
你拆开来看，纷纭，
那玄微的细网
怎样深沉的拢住天地，
又怎样交织成
这细致飘渺的彷徨！

二十五年一月

记忆

> 初刊于一九三六年三月二十二日《大公报·文艺副刊》第一百一十四期，署名徽因。此期为「星期特刊」。写作时间为一九三六年二月。

断续的曲子，最美或最温柔的
夜，带着一天的星。
记忆的梗上，谁不有
两三朵俜停〔娉婷〕，披着情绪的花
无名的展开
野荷的香馥，
每一瓣静处的月明。

湖上风吹过，额发乱了，或是
水面皱起像鱼鳞的锦。
四面里的辽阔，如同梦
荡漾着中心彷徨的过往
不着痕迹，谁都
认识那图画，
沉在水底记忆的倒影！

二十五年二月

无题

> 初刊于一九三六年五月三日《大公报·文艺副刊》第一百三十八期,署名徽因。此期为「星期特刊」。写作时间为一九三六年四月。

什么时候再能有
那一片静;
溶溶在春风中立着,
面对着山,面对着小河流?

什么时候还能那样
满掬着希望;
披拂新绿,耳语似的诗思,
登上城楼,更听那一声钟响?

什么时候,又什么时候,心
才真能懂得
这时间的距离;山河的年岁;
昨天的静,钟声,
昨天的人
怎样又在今天里划下一道影!

二十五年春四月

题剔空菩提叶

> 初刊于一九三六年五月十七日《大公报·文艺副刊》第一百四十六期，署名徽因。此期为「星期特刊」。写作时间为一九三六年四月二十三日。

认得这透明体，
智慧的叶子掉在人间？
消沉，慈静——
那一天一闪冷焰，
一叶无声的坠地，
仅证明了智慧寂寞
孤零的终会死在风前！
昨天又昨天，美
还逃不出时间的威严；
相信这里睡眠着最美丽的
骸骨，一丝魂魄月边留恋，——
……
菩提树下清荫则是去年！

廿五年四月廿三日

藤花前
——独过静心斋

> 初刊于一九三六年十二月《新诗》第三期时与《空想》《你来了》《"九一八"闲走》《旅途中》并题为《空想〈外四章〉》，署名林徽因。

紫藤花开了
轻轻的放着香，
没有人知道……

紫藤花开了
轻轻的放着香，
没有人知道。
楼不管，曲廊不作声，
蓝天里白云行去，
池子一脉静；
水面散着浮萍，
水底下挂着倒影。

紫藤花开了
没有人知道！
蓝天里白云行去，
小院，
无意中我走到花前。
轻香，风吹过
花心，
风吹过我，——
望着无语，紫色点。

黄昏过泰山

> 初刊于一九三六年七月十九日《大公报·文艺副刊》第一百八十二期,署名林徽因。此期为「诗歌特刊」。

记得那天

心同一条长河,

让黄昏来临,

月一片挂在胸襟。

如同这青黛山,

今天,

心是孤傲的屏障一面;

葱郁,

不忘却晚霞,

苍莽,

却听脚下风起,

来了夜——

昼梦

> 初刊于一九三六年八月三十日《大公报·文艺副刊》第二百零六期,署名林徽因。此期为"诗歌特刊"。写作时间为一九三六年夏。

昼梦

垂着纱,

无从追寻那开始的情绪

还未曾开花;

柔韧得像一根

乳白色的茎,缠住

纱帐下;银光

有时映亮,去了又来;

盘盘丝路

一半失落在梦外。

花竟开了,开了;

零落的攒集,

从容的舒展,

一朵,那千百瓣!

抖擞那不可言喻的

刹那情绪,

庄严峰顶——

天上一颗星……

　　　晕紫,深赤,

天空外旷碧,

是颜色同颜色浮溢，腾飞……
深沉，
又凝定 ——
悄然香馥，
袅娜一片静。

昼梦
垂着纱，
无从追踪的情绪
开了花；
四下里香深，
低覆着禅寂，
间或游丝似的摇移，
悠忽一重影；
悲哀或不悲哀
全是无名，
一闪俜停〔娉婷〕。

二十五年暑中　北平

旅途中

> 初刊于一九三六年十二月《新诗》第三期时与《空想》《你来了》《"九一八"闲走》《藤花前——独过静心斋》并题为《空想（外四章）》，署名林徽因。写作时间为一九三六年夏。

我卷起一个包袱走，
过一个山坡子松，
又走过一个小庙门，
在早晨最早的一阵风中。
我心里没有埋怨，人或是神；
天底下的烦恼，连我的
拢总，
像已交给谁去，……

前面天空。
山中水那样清，
山前桥那么白净，——
我不知道造物者认不认得
自己图画；
乡下人的笠帽，草鞋，
乡下人的性情。

暑中在山东乡间步行　廿五年夏

八月的忧愁

> 初刊于一九三六年九月三十日《大公报·文艺副刊》第二百二十四期,署名徽因。写作时间为一九三六年夏末。

黄水塘里游着白鸭,
高粱梗油青的刚高过头,
这跳动的心怎样安插,
田里一窄条路,八月里这忧愁?

天是昨夜雨洗过的,山岗
照着太阳又留一片影;
羊跟着放羊的转进村庄,
一大棵树荫下罩着井,又像是心!

从没有人说过八月甚么话,
夏天过去了,也不到秋天。
但我望着田垄,土墙上的瓜,
仍不明白生活同梦怎样底连牵。

二十五年夏末

冥思

> 初刊于一九三六年十二月十三日《大公报·文艺副刊》第二百六十五期，署名林徽因。写作时间为一九三六年夏末。

心此刻同沙漠一样平，*此句作者后改为"此刻胸前同沙漠一样平"。

思想像孤独的一个阿拉伯人；
仰脸孤独的向天际望
落日远边奇异的霞光，
安静的，又侧个耳朵听
远处一串骆驼的归铃。

在这白色的周遭中，
一切像凝冻的雕形不动：
白袍，腰刀，长长的头巾，
浪似的云天，沙漠上风！
偶有一点子振荡闪过天线，
残霞边一颗星子出现。

二十五年夏末

「九一八」闲走

初刊于一九三六年十二月《新诗》第三期时与《空想》《你来了》《藤花前——独过静心斋》《旅途中》并题为《空想（外四章）》，署名林徽因。

天上今早盖着两层灰，
地上一堆黄叶在徘徊，
惘惘的是我跟着凉风转，
荒街小巷，蛇鼠般追随！

我问秋天，秋天似也疑问我：
在这尘沙中又挣扎些什么，
黄雾扼住天的喉咙，
处处仅剩情绪的残破？

但我不信热血不仍在沸腾；
思想不仍铺在街上多少层；
甘心让来往车马狠命的轧压，
待从地面开花，另来一种完整。

唐缶小瓮

初刊于一九三六年十月十日《大公报·国庆特刊》,署名徽因。

意识中一涌清泉,一种轻新,

希腊当年的微笑

却像睡眠般无意底

献出一掬安静。

想这一小把黄泥

在聪明的眼或手前面变;

憧憬自然以外又以外的梦,

又留恋在人性边;

"创造"这薄弱的两字

当年

却不是空叫响的声音,

迫切的直是一闪雷电!

黄泥和灰泥奇光中

挣扎,挂一滴欣喜的泪,

从一朝代到另一朝代,

擎起不止一次诞生的酒杯……

终于由线同型超度

在时间外腾飞!

如果此刻我陶醉于这一曲弧线,

我不仅惊讶矇眬〔朦胧〕中盛唐的色泽

或那日月昼夜一千年,

我的心更充溢感佩的热情，
渗入黄泥，混沌的无言，
膜拜从古以来人的精灵。

过杨柳

初刊于一九三六年十一月一日《大公报·文艺副刊》第二百四十一期,署名徽因。此期为"诗歌特刊"。作者曾将此诗以《黄昏过杨柳》为题,作为「林徽因诗」中《空虚的薄暮》两首之一,重刊于一九四八年二月二十二日《经世日报·文艺周刊》第五十八期。写作时间为一九三六年十月。

反复底在敲问心同心,
彩霞片片已烧成灰烬;
街的一头到另一条路,
同是个黄昏扑进尘土。

愁闷压住所有的新鲜,
奇怪街边此刻还看见,
混沌中浮出光妍的纷纠,
死色楼前垂一棵杨柳!

廿五年十月

看叶子

> 根据手迹刊印。写作时间为一九三六年十月。作者生前未曾发表。

红红的叶子,又到了秋天
我纵知道自己想念,
我却画不出心里的方向 ——
我疑心你已变了模样!

黄黄的叶子像火烧焦;
我听到隔墙有人摇落笑,
我拾起这偶来的别人欣喜,
惋惜底保存在自己眼泪里。

红叶里的信念

> 初刊于一九三七年一月《新诗》第四期,署名林徽因。写作时间为一九三六年秋。

年年不是要看西山的红叶,
谁敢看西山红叶? 不是
要听异样的鸟鸣,停在
那一个静幽的树枝头,
是脚步不能自已的走——
走,迈向理想的山坳子
寻觅从未曾寻着的梦:
一茎梦里的花,一种香,
斜阳四处挂着,风吹动,
转过白云,小小一角高楼。

钟声已在脚下,松同松
并立着等候,山野已然
百般渲染豪侈的深秋。
梦在那里,你的一缕笑,
一句话,在云浪中寻遍
不知落到那一处? 流水已经
渐渐的清寒,载着落叶
穿过空的石桥,白栏杆,
叫人不忍再看,红叶去年

同踏过的脚迹火一般。

好,抬头,这是高处,心卷起
随着那白云浮过苍茫,
别计算在那里驻脚,去,
相信千里外还有霞光,
像希望,记得那烟霞颜色,
就不为编织美丽的明天,
为此刻空的歌唱,空的
凄恻,空的缠绵,也该放
多一点勇敢,不怕连牵
斑驳金银般旧积的创伤!

再看红叶每年,山重复的
流血,山林,石头的心胸
从不倚借梦支撑,夜夜
风像利刃削过大土壤,
天亮时沉默焦灼的唇,
忍耐的仍向天蓝,呼唤
瓜果风霜中完成,呈光彩,
自己山头流血,变坟台!
平静,我的脚步,慢点儿去,
别相信谁曾安排下梦来!

一路上枯枝,鸟不曾唱,
小野草香风早不是春天。
停下!停下!风同云,水同

水藻全叫住我,说梦在
背后;蝴蝶秋千理想的
山坳同这当前现实的
石头子路还缺个牵联〔连〕!
愈是山中奇妍的黄月光
挂出树尖,愈得相信梦,
梦里斜晖一茎花是谎!

但心不信! 空虚的骄傲
秋风中旋转,心仍叫喊
理想的爱和美,同白云
角逐;同斜阳笑吻;同树,
同花,同香,乃至同秋虫
石隙中悲鸣,要携手去;
同奔跃嬉游水面的青蛙,
盲目底再去寻盲目日子,——
要现实的热真另涂图画,
要把满山红叶采作花!

这萧萧瑟瑟不断的呜咽,
掠过耳鬓也还卷着温存,
影子在秋光中摇曳,心再
不信光影外有串疑问!
心仍不信,只因是午后,
那片竹林子阳光穿过
照暖了石头,赤红小山坡,
影子长长两条,你同我

曾经参差那亭子石路前，
浅碧波光老树干旁边！

生命中的谎再不能比这把
颜色更鲜艳！记得那一片
黄金天，珊瑚般玲珑叶子
秋风里挂，即使自己感觉
内心流血，又怎样个说话？
谁能问这美丽的后面
是什么？赌博时，眼闪亮，
从不悔那猛上孤注的力量；
都说任何苦痛去换任何一分，
一毫，一个纤微的理想！

所以脚步此刻仍在迈进，
不能自已，不能停！虽然山中
一万种颜色，一万次的变，
各种寂寞已环抱着孤影；
热的减成微温，温的又冷，
焦黄叶压踏在脚下碎裂，
残酷底散排昨天的细屑，
心却仍不问脚步为甚固执，
那寻不着的梦中路线，——
仍依恋指不出方向的一边！

西山，我发誓底，指着西山，
别忘记，今天你，我，红叶，

连成这一片血色的伤怆！
知道我的日子仅是匆促的
几天，如果明年你同红叶
再红成火焰，我却不见，……
深紫，你山头须要多添
一缕抑郁热情的象征，
记下我曾为这山中红叶，
今天流血底存一堆信念！

山中

> 初刊于一九三七年一月二十九日《大公报·文艺副刊》第二百九十二期,署名徽因。写作时间为一九三六年秋。

紫色山头抱住红叶,将自己影射在山前,
人在小石桥上走过,渺小的追一点子想念。
高峰外云在深蓝天里镶白银色的光转,
用不着桥下黄叶,人到泉边,才记起夏天!

也不因一个人孤独的走路,路更蜿蜒,
短白墙房舍像画,仍画在山坳另一面,
只这丹红叶叶替代人记忆失落的层翠,
深浅围抱这同一个山头,惆怅如薄层烟。

山中斜长条青影,如今红萝乱在四面,
百万落叶火焰在寻觅山石荆草边,
当时黄月下共坐天真的青年人情话,相信
那三两句长短,星子般扔挂秋风里不变。

廿五年秋

十月独行

> 初刊于一九三七年三月七日《大公报·文艺副刊》第三百零七期,署名徽因。写作时间为一九三六年十月。现存诗作手迹与发表定稿个别字词、标点略有不同。

像个灵魂失落在街边,
我望着十月天上十月的脸,
我向雾里黑影上涂热情
悄悄的看一团流动的月圆。

我也看人流着流着过去,来回
黑影中冲着波浪翻星点
我数桥上栏杆龙样头尾
像坐一条寂寞船,自己拉纤。

我像哭,像自语,我更自己抱歉!
自己焦心,同情,一把心紧似琴弦,——

我说哑的,哑的琴我知道,一出曲子
未唱,幻望的手指终未来在上面?

静坐

> 初刊于一九三七年一月三十一日《大公报·文艺副刊》第二百九十三期,署名林徽因。此期为「诗歌特刊」。写作时间为一九三六年十一月。

冬有冬的来意,
寒冷像花,——
花有花香,冬有回忆一把。
一条枯枝影,青烟色的瘦细,
在午后的窗前拖过一笔画;
寒里日光淡了,渐斜……
就是那样底
像待客人说话
我在静沉中默啜着茶。

二十五年冬十一月

空想

> 初刊于一九三六年十二月《新诗》第三期时与《你来了》《"九一八"闲走》《藤花前——独过静心斋》《旅途中》并题为《空想（外四章）》,署名林徽因。

终日的企盼企盼正无着落,——
太阳穿窗棂影,种种花样。
暮秋梦远,一首诗似的寂寞,
真怕看光影,花般洒在满墙。

日子悄悄的仅按沉吟的节奏,
尽打动简单曲,像钟摇响。
不是光不流动,花瓣子不点缀时候,
是心漏却忍耐,厌烦了这空想!

时间

初刊于一九三七年三月十四日《大公报·文艺副刊》第三百一十期,署名徽因。此期为「诗歌特刊」。

人间的季候永远不断在转变
春时你留下多处残红,翩然辞别,
本不想回来时同谁叹息秋天!

现在连秋云黄叶又已失落去
辽远里,剩下灰色的长空一片
透彻的寂寞,你忍听冷风独语?

古城春景

> 初刊于一九三七年四月《新诗》第二卷第一期,署名林徽因。写作时间为一九三七年春。

时代把握不住时代自己的烦恼,——
轻率的不满,就不叫它这时代牢骚——
偏又流成愤怨,聚一堆黑色的浓烟
喷出烟囱,那矗立的新观念,在古城楼对面!

怪得这嫩灰色一片,带疑问的春天
要泥黄色风沙,顺着白洋灰街沿,
再低着头去寻觅那已失落了的浪漫
到蓝布棉帘子,万字栏杆,仍上老店铺门槛?

寻去,不必有新奇的新发现,旧有保障
即使古老些,需要翡翠色甘蔗作拐杖
来支撑城墙下小果摊,那红鲜的冰糖葫芦(注)* 此诗中
"注"系林徽因自注。

仍然光耀,串串如同旧珊瑚,还不怕新时代的尘土。

廿六年春 北平

注:北平称山楂作红果,称插在竹篾上糖山楂作"冰糖葫芦"。

日子

刊于一九三七年四月《好文章》「诗选」专栏，署名徽因。该杂志刊发此诗时系选载，原刊未详。

优闲的仰着脸
望：
日子同这没有云的天
能不能永远？
又想：
（不敢低头）
疑问同风吹来时，
影子会不会已经
伸得很长，
寂寞的横在
衰柔的青草上？

前后

> 初刊于一九三七年五月十六日《大公报·文艺副刊》第三百三十六期，署名林徽因。此期为「诗歌特刊」。

河上不沉没的船
载着人过去了；
桥——三环洞的桥基，
上面再添了足迹；
早晨，
早又到了黄昏，
这赓续
绵长的路……

不能问谁
想望的终点，——
没有终点
这前面。
背后，
历史是片累赘！

去春

> 初刊于一九三七年八月一日《文学杂志》第一卷第四期,署名林徽因。

不过是去年的春天,花香,
红白的相间着一条小曲径,
在今天这苍白的下午,再一次登山
回头看,小山前一片松风
就吹成长长的距离,在自己身旁。

人去时,孔雀绿的园门,白丁香花,
相伴着动人的细致,在此时,
又一次湖冰将解的季候,已全变了画
时间里悬挂,迎面阳光不来,
就是来了也是斜抹一行沉寂记忆,树下。

除夕看花

> 初刊于一九三九年六月二十八日香港《大公报·文艺副刊》,署名灰因。

新从嘈杂着异乡口调的花市上买来
碧桃雪白的长枝,同红血般的山茶花。
着自己小角隅再用精致鲜妍来结彩
不为着锐的伤感,仅是钝的还有剩余下!

明知道房间里的静定,像弄错了季节,
气氛中故乡失得更远些,时间倒着悬挂;
过年也不像过年,看出灯笼在燃着点点血,
帘垂花下已记不起旧时热情,旧日的话。

如果心头再旋转着熟识旧时的芳菲,
模糊如条小径越过无数道篱笆,
纷纭的花叶枝条,草香弄得人昏迷,
今日的脚步,再不甘重踏上前时的泥沙。

月色已冻住,指着各处山头,河水更零乱,
关心的是马蹄平原上辛苦,无响在刻画。
除夕的花已不是花,仅一句言语梗在这里,
抖战着千万人的忧患,每个心头上牵挂。

春天田里漫步

> 初刊于一九四八年七月二十五日《平明日报·星期艺文》，署名林徽因。写作时间为一九四〇年。

春天田里，慢慢的，有花开，
有人说是忧愁，——
有人说不是：人生仅有
无谓的空追求！
那么是寂寞了，诗意的悲哀
心这样悠悠；
　　古今仍是一样，
　　河水缓缓的流。

青青草原，新绿迫到眼前，
有人说是春风，——
有人说不是；季候正逢
情感的天空，
或许是自己呢，怀念远边，
心这样吹动？
　　古今永远不变，
　　春日迟迟中红。

　　　　　　　一九四〇　四川李庄上□初病后

一天

> 以《病中杂诗（九首）》为总题的「九首」之四，初刊于一九四八年五月《文学杂志》第二卷第十二期，署名林徽因。此期为「诗歌专号」。写作时间为一九四二年春。

今天十二个钟头，
是我十二个客人，
每一个来了，又走了，
最后夕阳拖着影子也走了！
我没有时间盘问我自己胸怀，
黄昏却蹑着脚，好奇的偷着进来！
我说：朋友，这次我可不对你诉说啊，
每次说了，伤我一点骄傲。
黄昏黯然，无言的走开，
孤单的，沉默的，我投入夜的怀抱！

三十一年春　李庄

十一月的小村

> 以《病中杂诗（九首）》为总题的「九首」之七，初刊于一九四八年五月《文学杂志》第二卷第十二期，署名林徽因。此期为「诗歌专号」。写作时间为一九四四年初冬。

我想象我在轻轻的独语：
十一月的小村外是怎样个去处？
是这渺茫江边淡泊的天；
是这映红了的叶子疏疏隔着雾；
是乡愁，是这许多说不出的寂寞；
还是这条独自转折来去的山路？
是村子迷惘了，绕出一丝丝青烟；
是那白沙一片篁竹围着的茅屋？
是枯柴爆裂着灶火的声响，
是童子缩颈落叶林中的歌唱？
是老农随着耕牛，远远过去，
还是那坡边零落在吃草的牛羊？
是什么做成这十一月的心，
十一月的灵魂又是谁的病？
山坳子叫我立住的仅是一面黄土墙；
下午透过云霾那点子太阳！
一棵野藤绊住一角老墙头，斜睨
两根青石架起的大门，倒在路旁
无论我坐着，我又走开，
我都一样心跳；我的心前
虽然烦乱，总像绕着许多云彩，

但寂寂一湾水田，这几处荒坟，
它们永说不清谁是这一切主宰
我折一根柱枝，看下午最长的日影
要等待十一月的回答微风中吹来。

　　　　　　　　　三十三年初冬　李庄

哭三弟恒

——三十年空战阵亡*

* "三十年"为"中华民国三十年",即一九四一年。

> 以《病中杂诗(九首)》为总题的"九首"之九,初刊于一九四八年五月《文学杂志》第二卷第十二期,署名林徽因。此期为"诗歌专号"。写作时间为一九四四年。

弟弟,我没有适合时代的语言
来哀悼你的死;
它是时代向你的要求,
简单的,你给了。
这冷酷简单的壮烈是时代的诗
这沉默的光荣是你。

假使在这不可免的真实上
多给了悲哀,我想呼喊,
那是—— 你自己也明了 ——
因为你走得太早,
太早了,弟弟,难为你的勇敢,
机械的落伍,你的机会太惨!

三年了,你阵亡在成都上空,
这三年的时间所做成的不同,
如果我向你说来,你别悲伤,
因为多半不是我们老国,
而是他人在时代中辗动,
我们灵魂流血,炸成了窟窿。

我们已有了盟友、物资同军火，
正是你所曾经希望过。
我记得，记得当时我怎样同你
讨论又讨论，点算又点算，
每一天你是那样耐性的等着，
每天却空的过去，慢得像骆驼！

现在驱逐机已非当日你最想望
驾驶的"老鹰式七五"那样——
那样笨，那样慢，啊，弟弟不要伤心，
你已做到你们所能做的，
别说是谁误了你，是时代无法衡量，
中国还要上前，黑夜在等天亮。

弟弟，我已用这许多不美丽言语
算是诗来追悼你，
要相信我的心多苦，喉咙多哑，
你永不会回来了，我知道，
青年的热血作了科学的代替；
中国的悲怆永沉在我的心底。

啊，你别难过，难过了我给不出安慰。
我曾每日那样想过了几回：
你已给了你所有的，同你去的弟兄
也是一样，献出你们的生命；
已有的年轻一切；将来还有的机会，
可能的壮年工作，老年的智慧；

可能的情爱,家庭,儿女,及那所有
生的权利,喜悦;及生的纷纠!
你们给的真多,都为了谁? 你相信
今后中国多少人的幸福要在
你的前头,比自己要紧;那不朽
中国的历史,还需要在世上永久。

你相信,你也做了,最后一切你交出。
我既完全明白了,为何我还为着你哭?
只因你是个孩子却没有留什么给自己,
小时我盼着你的幸福,战时你的安全,
今天你没有儿女牵挂需要抚恤同安慰,
而万千国人像已忘掉,你死是为了谁!

三十三年　李庄

忧郁

以《病中杂诗九首》为总题的「九首」之八,初刊于一九四八年五月《文学杂志》第二卷第十二期,署名林徽因。此期为「诗歌专号」。此诗梁从诫注为一九四四年写于枣庄。

忧郁自然不是你的朋友;
但也不是你的敌人,你对他不能冤屈!
他是你强硬的债主,你呢? 是
把自己灵魂压给他的赌徒。

你曾那样拿理想赌博,不幸
你输了;放下精神最后保留的田产,
最有价值的衣裳,然后一切你都
赔上,连自己的情绪和信仰,那不是自然?

你的债权人他是,那么,别尽问他脸貌
到底怎样! 呀天,你如果一定要看清
今晚这里有盏小灯,灯下你无妨同他
面对面,你是这样的绝望,他是这样无情!

对残枝

> 以《病中杂诗九首》为总题的「九首」之五,初刊于一九四八年五月《文学杂志》第二卷第十二期,署名林徽因。此期为「诗歌专号」。此诗梁从诚注为一九四六年写于昆明。

梅花你这些残了后的枝条,
是你无法诉说的哀愁!
今晚这一阵雨点落过以后,
我关上窗子又要同你分手。

但我幻想夜色安慰你伤心,
下弦月照白了你,最是同情,
我睡了,我的诗记下你的温柔,
你不妨安心放芽去做成绿荫。

对北门街园子

> 以《病中杂诗九首》为总题的"九首"之六,初刊于一九四八年五月《文学杂志》第二卷第十二期,署名林徽因。此期为"诗歌专号"。此诗梁从诫注为一九四六年写于昆明。

别说你寂寞;大树拱立,
草花烂漫,一个园子永远
睡着;没有脚步的走响。

你树梢盘着飞鸟,每早云天
吻你额前,每晚你留下对话
正是西山最好的夕阳。

昆明即景

初刊于一九四八年二月二十二日《经世日报·文艺周刊》第五十八期，作为「林徽因诗」中第一首，署名林徽因。此诗一九四六年写于昆明。

一　茶铺

这是立体的构画，
　　描在这里许多样脸，
在顺城脚的茶铺里
　　隐隐起喧腾声一片。

各种的姿势，生活，
　　刻划着不同方面：
茶座上全坐满了，笑的，
　　皱眉的，有的抽着旱烟。

老的，慈祥的面纹，
　　年青〔轻〕的，灵活的眼睛，
都暂要时间茶杯上
　　停住，不再去扰乱心情！

一天一整串辛苦，
　　此刻才赚回小把安静，
夜晚回家，还有远路，
　　白天，谁有工夫闲看云影？

不都为着真的口渴,
　　四面窗开着,喝茶,
跷起膝盖的是疲乏,
　　赤着臂膀好同乡邻闲话。

也为了放下扁担同肩背
　　向运命喘息,倚着墙,
每晚靠这一碗茶的生趣
　　幽默估量生的短长……

这是立体的构画,
　　设色在小生活旁边,
荫凉南瓜棚下茶铺,
　　热闹照样的又过了一天!

二 小楼

张大爹临街的矮楼,＊ 初稿中"张大爹临街的矮楼"为"那上七下八临街的矮楼"。昆明旧式民居典型制式为底楼高八尺,二层高七尺。

半藏着,半挺着,立在街头,

瓦覆着它,窗开一条缝,

夕阳染红它,如写下古远的梦。

矮檐上长点草,也结过小瓜,

破石子路在楼前,无人种花,

是老坛子,瓦罐,大小的相伴;

尘垢列出许多风趣的零乱。

但张大爹走过,不吟咏它好;

大爹自己(上年纪了)不相信古老。

他拐着杖常到隔壁沽酒,

宁愿过桥,土堤去看新柳!

孤岛

> 初刊于一九四七年一月四日《益世报·文学周刊》第二十二期,署名林徽因。此期为「诗与散文特辑」。

遥望它是充满画意的山峰
远立在河心里高傲的凌耸
可怜它只是不幸的孤岛,——
天然没有埂堤,人工没搭座虹桥。

他同他的映影永为周围水的囚犯;
陆地于它,是达不到的希望!
早晚寂寞它常将小舟挽住,
风雨时节任江雾把自己隐去。

晴天它挺着小塔,玲珑独对云心;
盘盘石阶,由钟声松林中,超出安静。
特殊的轮廓它苦心孤诣做成,
漠漠大地又那里去找一点同情?

死是安慰

> 初刊于一九四七年一月四日《益世报·文学周刊》第二十二期,署名林徽因。此期为「诗与散文特辑」。

个个连环,永打不开,
生是个结,又是个结!
　　死的实在,
　　　一朵云彩。

一根绳索,永远牵住,
生是张风筝,难得飘远,
　　死是江雾,
　　　迷茫飞去!

长条旅程,永在中途,
生是串脚步,泥般沉重,——
　　死是尽处,
　　　不再辛苦。

一曲溪涧,日夜流水,
生是种奔逝,永在离别!
　　死只一回,
　　　它是安慰。

给秋天

> 初刊于一九四七年五月四日《大公报·星期艺文》第三十期时为《诗(三首)》之一,署名林徽因。

正与生命里一切相同,
我们爱得太是匆匆;
好像只是昨天,
你还在我的窗前!

笑脸向着晴空
你的林叶笑声里染红
你把黄光当金子般散开
稚气,豪侈,你没有悲哀。

你的红叶是亲切的牵绊,那零乱
每早必来缠住我的晨光。
我也吻你,不顾你的背影隔过玻璃窗!
你常淘气的闪过,却不对我忸怩。

可是我爱得多么疯狂,
竟未觉察凄厉的夜晚
已在你背后尾随,——
等候着把你残忍的摧毁!

一夜呼号的风声

果然没有把我惊醒,
等到太晚的那个早晨
啊。天！你已经不见了踪影。

我苛刻的咒诅自己
但现在有谁走过这里,
除却严冬铁样长脸
阴霾中,偶然一见。

人生

> 初刊于一九四七年五月四日《大公报·星期艺文》第三十期,时为《诗(三首)》之二,署名林徽因。

人生
你是一支曲子,
我是歌唱的;

你是河流
我是条船,一片小白帆
我是个行旅者的时候,
你,田野,山林,峰峦。

无论怎样,
颠倒密切中牵连着
你和我,
我永从你中间经过;

我生存,
你是我生存的道河〔河道〕
理由同力量。
你的存在
则是我胸前心跳里
五色的绚彩。

但我们彼此交错
并未彼此留难。
……
现在我死了,
你,——
我把你再交给他人负担!

展缓

初刊于一九四七年五月四日《大公报·星期艺文》第三十期时为《诗（三首）》之三，署名林徽因。

当所有的情感
都并入一股哀怨
如小河，大河，汇向着
无边的大海，—— 不论
怎么冲击，怎样盘旋，——
那河上劲风，大小石卵，
所做成的几处逆流
小小港湾，就如同
那生命中，无意的宁静
避开了主流；情绪的
平波越出了悲愁。

停吧，这奔驰的血液；
它们不必全然废弛的
都去造成眼泪。
不妨多几次辗转；溯回流水，
任凭眼前这一切撩乱，
这所有，去建筑逻辑。
把绝望的结论，稍稍
迟缓；拖延时间，——
拖延理智的判断，——
会再给纯情感一种希望！

桥

> 初刊于一九四八年八月二日《益世报·文学周刊》第一百零三期,署名林徽音。写作时间为一九四七年六月。

它的使命：
　　南北两岸莽莽两条路的携手；
它的完成
　　不挡江月东西,船只上下的交流；
它的肩背
　　坚定的让脚步上面经过,找各人的路去；
它的胸怀,
　　虚空的环洞,不把江心洪流堵住。

它是座桥:
　　一条大胆的横梁,立脚于茫茫水面；
一堆泥石,
　　辛苦堆积或造形的完美,在自然上边；
一掬理智,
　　适应数理的神奇,支持立体的纪念；
一次人工,
　　矫正了造化的疏忽,将隔绝的重新牵连!

它是座桥,
　　看那平衡两排如同静思的栏杆；
它的力量,

两座桥墩下，多粗壮的石头镶嵌；
它的忍耐，
　　容每道车辙刻入脚印已磨光的石板；
它的安闲，
　　岁月里增进，让钓翁野草随在身旁。

它的美丽，
　　如同山月的锁钥，正见出人类匠心；
它的心灵，
　　浸入寒波，在一钩倒影里续成圆形；
它的存在，
　　却不为嬉戏的闲情——而为责任；
它的理想，
　　该寄给人生的行旅者一种虔诚。

三十六年六月

恶劣的心绪

以《病中杂诗(九首)》为总题的"九首"之一,初刊于一九四八年五月《文学杂志》第二卷第十二期,署名林徽因。此期为"诗歌专号"。写作时间为一九四七年十二月。

我病中,这样缠住忧虑和烦扰,
好像西北冷风,从沙漠荒原吹起,
逐步吹入黄昏街头巷尾的垃圾堆;
在霉腐的琐屑里寻讨安慰,
自己在万物消耗以后的残骸中惊骇,
又一点一点给别人扬起可怕的尘埃!

吹散记忆正如陈旧的报纸飘在各处彷徨,
破碎支离的记录只颠倒提示过去的骚乱。
多余的理性还像一只饥饿的野狗
那样追着空罐同肉骨,自己寂寞的追着
咬嚼人类的感伤;生活是什么都还说不上来,
摆在眼前的已是这许多渣滓!

我希望:风停了;今晚情绪能像一场小雪,
沉默的白色轻轻降落地上;
雪花每片对自己和他人都带一星耐性的仁慈,
一层一层把恶劣残破和痛苦的一起掩藏;
在美丽明早的晨光下,焦心暂不必再有,——
绝望要来时,索性是雪后残酷的寒流!

三十六年十二月　病中动手术前

写给我的大姊

> 以《病中杂诗（九首）》为总题的"九首"之三，初刊于一九四八年五月《文学杂志》第二卷第十二期，署名林徽因。此期为"诗歌专号"。此诗梁从诫注为一九四七年写于北平。

当我去了，还有没说完的话，
好像客人去后杯里留下的茶；
说的时候，同喝的机会，都已错过，
主客黯然，可不必再去惋惜它。
如果有点感伤，你把脸掉向窗外，
落日将尽时，西天上，总还留有晚霞。

一切小小的留恋算不得罪过，
将尽未尽的衷曲也是常情。
你原谅我有一堆心绪上的闪躲，
黄昏时承认的，否认等不到天明；
有些话自己也还不曾说透，
他人的了解是来自直觉的会心。

当我去了，还有没说完的话，
像钟敲过后，时间在悬空里暂挂，
你有理由等待更美好的继续；
对忽然的终止，你有理由惧怕。
但原谅吧，我的话语永远不能完全，
亘古到今情感的矛盾做成了嘶哑。

小诗(一)

> 以《病中杂诗九首》为总题的「九首」之一,初刊于一九四八年五月《文学杂志》第二卷第十二期,署名林徽音,此期为「诗歌专号」。《小诗(一)》和《小诗(二)》初刊时为《小诗》一首中的「(一)」和「(二)」。此诗梁从诫注为一九四七年写于北平。

感谢生命的讽刺嘲弄着我,
会唱的喉咙哑成了无言的歌。
一片轻纱似的情绪,本是空灵,
现时上面全打着拙笨补钉。

肩头上先是挑起两担云彩,
带着光辉要在从容天空里安排;
如今黑压压沉下现实的真相,
灵魂同饥饿的脊梁将一起压断!

我不敢问生命现在人该当如何
喘气!经验已如旧鞋底的穿破,
这纷歧道路上,石子和泥土模糊,
还是赤脚方便,去认取新的辛苦。

小诗（二）

以《病中杂诗九首》为总题的『九首』之一，初刊于一九四八年五月《文学杂志》第二卷第十二期，署名林徽音，此期为『诗歌专号』。《小诗（一）》和《小诗（二）》初刊时为《小诗》一首中的『（一）』和『（二）』。此诗梁从诫注为一九四七年写于北平。

小蚌壳里有所有的颜色；
整一条虹藏在里面。
绚采〔彩〕的存在是他的秘密，
外面没有夕阳，也不见雨点。

黑夜天空上只一片渺茫；
整宇宙星斗那里闪亮，
远距离光明如无边海面，
是每小粒晶莹，给了你方向。

六点钟在下午

> 初刊于一九四八年二月二十二日《经世日报·文艺周刊》第五十八期,作为「林徽因诗」中《空虚的薄暮》两首之一,署名林徽因。写作时间为一九四七年冬。

用什么来点缀

六点钟在下午?

六点钟在下午

点缀在你生命中,

仅有仿佛的灯光,

褪败的夕阳,窗外

一张落叶在旋转!

用什么来陪伴

六点钟在下午?

六点钟在下午

陪伴着你在暮色里闲坐;

等光走了,影子变换,

一支烟,为小雨点

继续着,无所盼望!

破晓

初刊于一九四八年九月五日《平明日报·星期艺文》，署名林徽因。写作时间为一九四七年十二月二十三日（冬至）。

木格子窗上，支支哑哑的响。
薄像薄冰的纸上，一层微光。
早晨的睡眼见不到一点温暖，
你同熄了的炉火还在留恋昨晚。

忽然钟声由冻骤的空中敲出，
悠扬的击节，寒花开在山谷！
这时，任何的梦该都卷起，好好收藏；
又一天的日子已迈过你的窗栏。

三六，冬至，平 西郊

一串疯话

> 初刊于一九四八年二月二十二日《经世日报·文艺周刊》第五十八期,作为「林徽因诗」中《年轻的歌》两首之二,署名林徽因。另一首为《你来了》。

好比这树丁香,几枝山红杏,
相信我的心里留着有一串话,
绕着许多叶子,青青的沉静,
风露日夜,只盼五月来开开花!

如果你是五月,八百里为我吹开
蓝空上霞彩,那样子来了春天,
忘掉腼腆,我定要转过脸来,
把一串疯话全说在你的面前!

古城黄昏

> 初刊于一九四八年八月二日《益世报·文学周刊》第一百零三期,署名林徽音。

我见到古城在斜阳中凝神;
城楼望着城楼,
忘却中间一片黄金的殿顶;
十条闹街还散在脚下,
虫蚁一样有无数行人。

我见到古城在黄昏中凝神;
乌鸦噪聒的飞旋,
废苑古柏在困倦中支撑;
无数坛庙寂寞与荒凉,
锁起一座一座剥落的殿门!

我听到古城在薄暮中独语;
僧寺悄寂,熄了香火,
钟声沉下,市声里失去;
车马不断扬起年代的尘土,
到处风沙叹息着历史。

诗
自然的赠与

初刊于一九四八年九月五日《平明日报·星期艺文》,署名林徽因。

花刺是花的幽默,
颜色,她的不谨慎。
花香是她留给你的友谊;
她残了,委曲里没有恨!

星光赠你的是冷;
夜深时你会爱这安静,
满天闪烁整宇宙智慧,
他们愿意照入你的心灵。

湖上微风是同你说笑;
他爱湖波情绪的激动。
他懂水藻,蜻蜓,和一切闲情,
他爱水底倒映认真的晴空。

红叶秋林是秋天的火焰,
终要烧成焦燥同凋零,
让它铺着山径为你的散步,
盼你踏着忧愁给草木同情。

自然这样默默的赠与;

种种的提示都是安慰。
美丽对你永远慷慨，
你的情绪要从她上面映回。

我们的雄鸡

> 初刊于一九九二年五月人民文学出版社与香港生活·读书·新知三联书店分别出版的《中国现代作家选集·林徽因》。写作时间为一九四八年二月十八日。作者生前未曾发表。

我们的雄鸡从没有以为
　　　自己是孔雀
自信他们鸡冠已够他
　　　仰着头漫步 ——
一个院子他绕上了一遍
　　　仪表风姿
都在群雌的面前！

我们的雄鸡从没有以为
　　　自己是首领
晓色里他只扬起他的呼声
　　　这呼声叫醒了别人
他经济的保留这种叫喊
　　　（保留那规则）
于是便象征了时间！

一九四八年二月十八日　清华

散文

林徽因全集

初刊于一九三一年八月二十三日《北平晨报·剧刊》，署名林徽音。

希望不因《软体动物》的公演引出硬体的笔墨官司

八月二日在这刊上，我根据两位小剧院的设计人，关于《软体动物》的"设计"和"幕后"提到的几点困难，不避嫌疑的，用技术眼光，讨论起来。公平说，天是这样的热，小剧院这次的公演的总成绩又是打破纪录的成功，委实不该再"求全责备"有像我那样煞风景的讨论！看到本月九日陈治策先生标题答复我的文字，我怔了，生怕又因此，引出真正硬体的笔墨官司，来增加剧界的烦恼，更增加我个人的罪过。

好在陈先生标题虽然有"答复"字样，来得怕人，其实对于我所提到诸点，并没有技术上的驳难，也没有准确的答复，只有表示承认和同意，所以现在可不必再提了。他另有几个责问，现在我回答他：

（一）"干吗不牺牲一晚的功〔工〕夫看一看他们的公演？"

答：因为鄙人是卧病在香山四个来月的一个真正的"软体动物"，没有随便起来的自由，更提不到进城看戏（虽曾提议却被阻止了），这是个人没有眼福，并不是不肯"牺牲一晚的功〔工〕夫"（不幸今天报上又误载鄙夫妇参与跳舞盛会的新闻，就此声明省得犯诳言欺人之罪）。

（二）"两次幕后生活""只是一种趣话""引人入胜""可否作为批评根据"？

答：可以。我认为根据设计人自己说的"设计"和"幕后"来讨论他们的设计和幕后问题是再对没有了。尤其是我所提出讨论的并没有与事实有不符之处，更没有引用别人"口传"关于他们布景的毛病，或是臆造他们公演时，布景上种种的弊病。只是对于他们幕后组织和设计态度上发了疑问。陈先生的"幕后"虽全是些趣话，却也呈露出内容真相不少，所以我这不知趣的人也就因此求全责备了的讨论起来。

（三）"你忽略了'完成了化装排演'这些字了"，又"有些误会"，又"化装排演和正式公演常有天渊的不同呢"。

答：我并未误会他们任何一桩事（陈先生亦未说明误会了些什么），我现在更要郑重声明我并未将他们化装排演误会作正式公演，不止如此，他们正式公演的情景，我知道得很详细，我所以不引用别人报告传说的缘故，就是要公平，要慎重，不敢"根据别人口头传说"。至于化装排演和公演并不该有"天渊之别"是浅而易见：排演的目的是练习次日公演时所有各方面的布置，试验各种布置之有无弊病以备次日改良的。化装排演太乱，道具与次日公演时用的太不相同，则这化装排演基本功用和意义已失去不少，次日公演的成绩必会受其影响的。

（四）"那篇文章如果是看了之后写的，你一定会批评得对喽。"

答：前篇文章是根据他们设计人的文章写的，差不多全是讨论，无所谓批评。讨论诸点如1.布景不该因为有困难而"处处将就"。2."借"在布景艺术里是常情，不应将这困难看过重了。3.因为他们本来要白单子而又换了毛毡（深色的），使我对于他们色彩设计怀疑：疑心他们对色彩调和问题并未顾到；疑心他们对于色彩问题，根本不讲究；疑心他们不理会到寻常白色在台上之不相宜。4.如窗子玻璃等小技巧，他们未曾实验些较妥方法，似乎不算卖尽力气的认真。

这些问题我希望都没有议论错了。陈先生对第二点已完全同意，别的却也未指出我不"对"的地方。

（五）"公平的批评""成功不成功"问题。

答：我没看到公演，所以我文里第一段即将我的立足点表明了。我说"读到文章……所得印象"……等等。即对于布景也是因为没有看到公演，所以没有胡乱批评一句话。我是根据看过的人不满意的意思（并且公开发表出来的），再根据当事人所述的幕后的确实情形，用技术原则，探讨其所以不满人意的原由。在事前我虽详细的问过八九个对新剧有见识的朋友，他们那一晚对于布景的印象和意见（失望或是满意），我却没有引用这"口头传说"，为的是谨慎，公平。现在陈先生既要"看过那龀戏的人"公平批评，我只得老实说，他们多人没有称扬只有不满这次布景，是个不能否认的事实。也因此我有"成绩上有失败点"的话（注意"点"字），这并不是说他们这次公演不算一个总成功。请别"误会"。

其实演新剧最招物议的常常是布景，而新剧的布景也实在不容易讨好。被评论本不算什么一回事，布景人宜早预备下卖力气不怕批评的勇气才好。再说，一龀新剧本来最负责的人（也就是最易受评论的人）是导演人，这次各方面文章里"导演"两字竟没有人提到，更不说有人评论，这个到底是导演人之幸与不幸还是问题。我承认这次布景上文字，本来只是设计人自己的几句"趣语"，不巧遇着我这样不知趣的人过于认真写了一大篇。俗语说："冤家怕是同行！"不过每件学问的促进常是靠着"同行"的争论的，希望两位设计人特别大量谅解和优容。

（六）关于时间欠从容问题。

严格说，时间应是在设计人的预算之内，根本就该从容的，除非有不得已的情形和意外。协和礼堂不能早借，这情形的困苦，我是知道的，并且表十三分的同情。区署不准演的确是意外，如果事前已办妥应办手续。天下雨却不在例内，"道具"不早借而要等"最后一晚"也未免奇怪。陈先生提到如何大雨不能骑车、折回等情，是否足够做布景不能如意的阻碍，好像和我上次设下的比喻"起晚了没有买到钉子"相类的不能成立。

　　末了，天实在是太热，人也很病，我诚意的希望这回不成了笔墨官司，互相答复下去。我的"软体动物"期限一满，不难即和小剧院同人握手的。看守人迫我声明，这是我最末次的"笔答"，不然这官司怕要真打到协和医院的病房里去。

悼志摩

初刊于一九三一年十二月七日《北平晨报·北平晨园·哀悼志摩专号》，署名林徽音。

十一月十九日，我们的好朋友，许多人都爱戴的新诗人，徐志摩突兀的，不可信的，惨酷的，在飞机上遇险而死去。这消息在二十日的早上像一根针刺猛触到许多朋友的心上，顿使那一早的天墨一般的昏黑，哀恸的咽哽锁住每一个人的嗓子。

志摩……死……谁曾将这两个句子联在一处想过！他是那样活泼的一个人，那样刚刚站在壮年的顶峰上的一个人。朋友们常常惊讶他的活动，他那像小孩般的精神和认真，谁又会想到他死？

突然的，他闯出我们这共同的世界，沉入永远的静寂，不给我们一点预告，一点准备，或是一个最后希望的余地。这种几乎近于忍心的决绝，那一天不知震麻了多少个朋友的心？现在那不能否认的事实，仍然无情的挡住我们前面。任凭我们多苦楚的哀悼他的惨死，多迫切的希冀能够仍然接触到他原来的音容，事实是不会为体贴我们这悲念而有些须更改；而他也再不会为不忍我们这伤悼而有些须活动的可能！这难堪的永远静寂和消沉便是死的最惨酷处。

我们不迷信的，没有宗教的望着这死的帷幕，更是丝毫没有把握。张开口我们不会呼吁，闭上眼不会入梦，徘徊在理智和情感的边沿，我们不能预期后会，对这死，我们只是永远发怔，吞咽枯涩的泪，待时间来剥削这哀恸的尖锐，痂结我们每次悲悼的创伤。那一天下午，初得到消息的许多朋友不是全跑到胡适之先生家里么？但是除却拭泪相坐〔对〕，默然围坐外，谁也没有主意，谁也不知有什么话说，对这死！

谁也没有主意，谁也没有话说！事实不容我们安插任何的希望，情感不容我们不伤悼这突兀的不幸，理智又不容我们有超自然的幻想！默然相对，默然围坐……而志摩则仍是死去没有回头，没有音讯，永远的不会回头，永远的不会再有音讯。

我们中间没有绝对信运命之说的，但是对着这不测的人生，谁不感到惊异，对着那许多事实的痕迹又如何不感到人力的脆弱，智慧的有限。世事尽有定数？世事尽是偶然？对这永远的疑问我们什么时候能有完全的把握？

在我们前边展开的只是一堆坚质的事实：

"是的，他十九晨有电报来给我……

"十九早晨，是的！说下午三点准到南苑，派车接……

"电报是九时从南京飞机场发出的……

"刚是他开始飞行以后所发……

"派车接去了，等到四点半……说飞机没有到……

"没有到……航空公司说济南有雾……很大……"只是一个钟头的差别；下午三时到南苑，济南有雾！谁相信就是这一个钟头中便可以有这么不同事实的发生，志摩，我的朋友！

他离平的前一晚我仍见到，那时候他还不知道他次晨南旋〔旅〕的，飞机改期过三次，他曾说如果再改下去，他便不走了的。我和他同由一个茶会出来，在总布胡同口分手。在这茶会里我们请的是为太平洋会议来的一个柏雷博士，因为他是志摩生平最爱慕的女作家曼殊斐儿的姊丈，志摩十分的殷勤；希望可以再从柏雷口中得些关于曼殊斐儿早年的影子，只因限于时间，我们茶后匆匆的便散了。晚上我有约会出去了，回来时很晚，听差说他又来过，适遇我们夫妇刚走，他自己坐了一会〈儿〉，喝了一壶茶，在桌上写了些字便走了。我到桌上一看：——

"定明早六时飞行，此去存亡不卜……"我怔住了，心中一阵不痛快，赶忙给他一个电话。

"你放心，"他说，"很稳当的，我还要留着生命看更伟大的事迹呢，那能便死？……"

话虽是这样说，他却是已经死了整两周了！

凡是志摩的朋友，我相信全懂得，死去他这样一个朋友是怎么一回事！

现在这事实一天比一天更结实，更固定，更不容否认。志摩是死了，这个简单惨酷的实际早又添上时间的色彩，一周，两周，一直的增长下去……

我不该在这里语无伦次的尽管呻吟我们做朋友的悲哀情绪。归根说，读者抱着我们这些文字看，也就是像志摩请柏雷一样，要从我们口里再听到关于志摩的一些事。这个我明白，只怕我不能使你们满意，因为关于他的事，动听的，使青年人知道这里有个不可多得的人格存在的，实在太多，决不是几千字可以表达得完。谁也得承认，像他这样的一个人世间便不轻易有几个的，无论在中国或是外国。

我认得他，今年整十年，那时候他在伦敦经济学院，尚未去康桥。我初次遇到他，也就是他初次认识到影响他迁学的迭更生先生。不用说，他和我父亲最谈得来，虽然他们年岁上差别不算少，一见面之后便互相引为知己。他到康桥之后由迭更生介绍进了皇家学院，当时和他同学的有我姊丈温君源宁。一直到最近两月中源宁还常在说他当时的许多笑话，虽然说是笑话，那也是他对志摩最早的一个惊异的印象。志摩认真的诗情，绝不含有丝毫矫伪，他那种痴，那种孩子似的天真实能令人惊讶。源宁说，有一天他在校舍里读书，外边下了倾盆大雨——惟是英伦那样的岛国才有的狂雨——忽然他听到有人猛敲他的房门，外边跳进一个被雨水淋得全湿的客人。不用说他便是志摩，一进门一把扯着源宁向外跑，说："快来我们到桥上去等着。"这〈一〉来把源宁怔住了，他问志摩："等什么在这大雨里？"志摩睁大了眼睛，孩子似的高兴的说："看雨后的虹去。"源宁不止说他不去，并且劝志摩趁早将湿透的衣服换下，再穿上雨衣出去，英国的湿气岂是儿戏。志摩不等他说完，一溜烟的自己跑了！

　　以后我好奇的曾问过志摩这故事的真确，他笑着点头承认这全段故事的真实。我问："那么下文呢，你立在桥上等了多久，并且看到虹了没有？"他说记不清，但是他居然看到了虹。我诧异的打断他对那虹的描写，问他：怎么他便知道，准会有虹的。他得意的笑答我说："完全诗意的信仰！"

　　"完全诗意的信仰"，我可要在这里哭了！也就是为这"诗意的信仰"，他硬要借航空的方便达到他"想飞"的素〔宿〕愿！"飞机是很稳当的，"他说，"如果要出事那是我的运命！"他真对运命这样完全诗意的信仰！

　　志摩我的朋友，本来是，死本来也不过一个新的旅程，我们没有到过的，不免过分的怀疑，死不定就比这生存苦。"我们不能轻易断定那一边没有阳光与人情的温慰"，但是我前边说过，最难堪的是这永远的静寂。我们生在这没有宗教的时代，对这死实在太没有把握了。这以后许多思念你的日子，怕要全是昏暗的苦楚，不会有一点点光明，除非我也有你那美丽诗意的信仰！

　　我个人的悲绪不竟又来扰乱我对他生前许多清晰的回忆，朋友们原谅。

诗人的志摩用不着我来多说，他那许多诗文便是估价他的天秤。我们新诗的历史才是这样的短，恐怕他的判断人尚在我们儿孙辈的中间。我要谈的是诗人之外的志摩。人家说志摩的为人只是不经意的浪漫，志摩的诗全是抒情诗，这断语从不认识他的人听来可以说很公平，从他朋友们看来实在是对不起他。志摩是个很古怪的人，浪漫固然，但他人格里最精华的却是他对人的同情，和蔼，和优容。没有一个人他对他不和蔼；没有一种人，他不能优容；没有一种情感，他绝对的不能表同情。我不说了解，因为不是许多人爱说志摩最不解人情么？我说他的特点也就在这上头。

我们寻常人就爱说了解；能了解的我们便同情，不了解的我们便很落漠乃至于酷刻。表同情于我们能了解的，我们以为很适当；不表同情于我们不能了解的，我们也认为很公平。志摩则不然，了解与不了解，他并没有过分的夸张，他只知道温存，和平，体贴。只要他知道有情感的存在，无论出自何人，在何等情况之下，他理智上认为适当与否，他全能表几分同情。他真能体会原谅他人与他自己不相同处，从不会刻薄的单支出严格的迫仄的道德的天秤指摘凡是与他不同的人。他这样的温和，这样的优容，真能使许多人惭愧。我可以忠实的说，至少他要比我们多数的人伟大许多；他觉得人类各种的情感动作全有它不同的价值放大了的人类的眼光，同情是不该只限于我们划定的范围内。他是对的，朋友们，归根说，我们能够懂得几个人，了解几桩事，几种情感？那一桩事，那一个人没有多面的看法！

如此说来，志摩朋友之多，不是个可怪的事；凡是认得他的人，不论深浅对他全有特殊的感情，也是极自然的结果。而反过来看，他自己在他一生的过程中却是很少得着同情的。不止如是，他还曾为他的一点理想的愚诚几次几乎不见容于社会。但是他却未曾为这个而鄙吝他给他人的同情心，他的情性，不曾为受了刺激而转变刻薄暴戾过。谁能不承认他几有超人的宽量。

　　志摩的最动人的特点，是他那不可信的纯净的天真。对他的理想的愚诚，对艺术欣赏的认真，体会情感的切实，全是难能可贵到极点。他站在雨中等虹；他甘冒社会的大不韪争他的恋爱自由；他坐曲折的火车到乡间去拜哈代；他抛弃博士一类的引诱卷了书包到英国，只为要拜罗素做老师；他为了一种特异的境遇，一时特异的感动，从此在生命途中冒险，从此抛弃所有的旧业，只是尝试写几行新诗——这几年新诗尝试的运命并不太令人踊跃，冷嘲热骂只是家常便饭——他常能走几里路去采几茎花，费许多周折去看一个朋友说两句话；这些，还有许多，都不是我们寻常能够轻易了解的神秘。我说神秘，其实竟许是傻，是痴！事实上，他只是比我们认真，虔诚到傻气，到痴！他愉快起来他的快乐的翅膀可以碰得到天；他忧伤起来，他的悲感是深得没有底。寻常评价的衡量在他手里失了效用，利害轻重他只有他的看法，纯是艺术的情感的脱离寻常的原则。所以，往常人常听到朋友们说到他总爱带着嗟叹的口吻说："那是志摩，你又有什么法子！"他真的是个怪人么？朋友们，不，一点都不是，他只是比我们近情，近理，比我们热诚，比我们天真，比我们对万物都更有信仰，对神，对人，对灵，对自然，对艺术！

　　朋友们，我们失掉的不止是一个朋友，一个诗人，我们丢掉的是个极难得可爱的人格。

　　至于他的文品全是抒情的么？他的兴趣只限于情感么？更是不对。志摩的兴趣是极广泛的。就有几件，说起来，不认得他的人便要奇怪。他早年很爱数学，他始终极喜欢天文，他对天上星宿的名字和部位就认得很多，最喜暑夜观星，好几次他坐火车都是带着关于宇宙的科学的书。他曾经疯过爱因斯坦的相对论，并且在一九二二年便写过一篇关于相对论的东西登在《民铎》杂志上。他常向思成说笑:"任公先生的相对论的知识还是从我徐君志摩那篇大作上得来的呢,因为他说他看过许多关于爱因士坦的哲学都未曾看懂,看到志摩的那篇才懂了。"今夏我在香山养病,他常来闲谈。有一天谈到他幼年上学的经过和美国克莱克大学两年学经济学的景况,我们不竟〔禁〕对笑了半天。后来,他在他的《猛虎集》的"序"里也说了那末〔么〕一段。可是奇怪的,他不像许多天才,幼年里上学,不是不及格,便是被斥退,他是常得优等的。听说有一次康乃尔暑校里一个极严的经济教授还写了信去克来克大学教授那里恭维他的学生,关于一门很难的功课。我不是为志摩在这里夸张,因为事实上只有为了这桩事,今夏志摩自己便笑得不亦乐乎!

此外,他的兴趣对于戏剧、绘画都极深浓。戏剧不用说,与诗文是那么接近,他领略绘画的天才也颇可观,后期印象派的几个画家,他都有极精密的爱恶。对于文艺复兴时代那几位,他也很熟悉,他最爱鲍提且利和达文骞。自然,他也常承认文人喜画常是间接的受了别人论文的影响,他的,就受了法兰(Roger Fry)和斐德(Walter Pater)的不少。对于建筑审美,他常常对思成和我道歉说:"太对不起,我的建筑常识全是Ruskins那一套。"他知道我们是最讨厌Ruskins的。但是,为看一个古建的残址,一块石刻,他比任何人都热心,都更能静心领略。

他喜欢色彩,虽然他自己不会作画。暑假里他曾从杭州给我几封信,他自己叫它们作"描写的水彩画",他用英文极细致的写出西桑田的颜色,每一分嫩绿,每一色鹅黄,他都仔细的观察到。又有一次,他望着我园里一带断墙半晌不语,过后他告诉我说,他正在默默体会,想要描写那墙上向晚的艳阳和刚刚入秋的藤萝。

对于音乐,中西的他都爱好,不止爱好,他那种热心便唤醒过北平一次——也许惟一的一次——对音乐的注意。谁也忘不了那一年，客拉司拉到北平，在"真光"拉一个多钟〈头〉的提琴。

* 客拉司拉，指美籍小提琴家 Fritz Kreisler。"真光"指真光电影院，现儿童剧院。

对旧剧，他也得算"在行"。他最后在北平那几天我们曾接连的同去听好几齣戏，回家时我们讨论的热闹，比任何剧评都诚恳，都起劲。

谁相信这样的一个人，这样忠实于"生"的一个人，会这样早的永远的离开我们另投一个世界，永远的静寂下去，不再透些须声息！

我不敢再望〔往〕下写，志摩若是有灵，听到比他年轻许多的一个小朋友拿着老声老气的语调谈到他的为人，不觉得不快么？这里我又来个极难堪的回忆，那一年他在这同一个的报纸上写了那篇伤我父亲惨故的文章 * 指徐志摩一九二六年二月所作《伤双栝老人》一文。，这梦幻似的人生转了几个弯，曾几何时，却轮到我在这风紧夜深里握吊他的惨变。这是什么人生？什么风涛？什么道路？志摩，你这最后的解脱未始不是幸福，不是聪明，我该当羡慕你才是。

初刊于一九三三年九月二十三日《大公报·文艺副刊》第一期，署名徽音。

惟其是脆嫩

活在这非常富于刺激性的年头里，我敢喘一口气说，我相信一定有多数人成天里为观察听闻到的，牵动了神经，从跳动而有血裹着的心底下累积起各种的情感，直冲出嗓子，逼成了语言到舌头上来。这自然丰富的累积，有时更会倾溢出少数人的唇舌，再奔迸到笔尖上，另具形式变成在白纸上驰骋的文字。这种文字便全是我们这个时代的出产，大家该千万珍视它！

现在，无论在那里，假如有一个或多种的机会，我们能把许多这种自然触发出来的文字，交出给同时代的大众见面，因而或能激动起更多方面，更复杂的情感，和由这情感而形成更多方式的文字；一直造成了一大片丰富而且有力的创作的田壤，森林，江山……产生结结实实的我们这个时代特有的表情和文章；我们该不该诚恳的注意到这机会或能造出的事业，各人将各人的一点点心血献出来尝试？

假使，这里又有了机会联聚起许多人，为要介绍许多方面的文字，更连而研讨文章的质的方面；或指出已〔以〕往文章的历程，或讲究到各种文章上比较的问题，连而无形的讲究到程度和标准等问题，我又敢相信，在这种景况下定会发生更严重鼓励写作的主动力。使创作界增加问题，或许。惟其是增加了问题，才助益到创造界的活泼和健康。文艺决不是蓬勃丛生的野草。

　　我们可否直爽的承认一桩事？创作的鼓动时常要靠着刊物把它的成绩布散出去吹风、晒太阳，和时代的读者把晤的。被风吹冷了，太阳晒萎了，固常有的事。被读者所欢迎，所冷淡，或误会，或同情，归根应该都是激励创造力的药剂！至于，一来就高举趾，二来就气馁的作者，每个时代都免不了有他们起落踪迹。这个与创作界主体的展动只成枝节问题。那一个创作兴旺的时代缺得了介绍散布作品的刊物，同那或能同情，或不了解的读众？

　　创作品是不能不与时代见面的，虽然作者的名姓，则并不一定。伟大作品没有和本时代见面，而被他时代发现珍视的固然有，但也只是偶然例外的事。希腊悲剧是在几万人前面唱演的，莎士比亚的戏更是街头巷尾的粗人都看得到的。到有刊物时代的欧洲，更不用说，一首诗文出来人人争买着看，就是中国在印刷艰难的时候，也是什么"传诵一时"；什么"人手一抄"等……

　　创作的主力固在心底，但逼迫着这止〔只〕有时间性的情绪语言而留它在空间里的，却常是刊物这一类的鼓励和努力所促成。

　　现在遍人间是能刺激起创作的主力。尤其在中国，这种日子，那一付〔副〕眼睛看到了些什么，舌头底下不立刻紧急的想说话，乃至于歌泣！如果创作界仍然有点消沉寂寞的话——努力的少，尝试的稀罕——那或是有别的缘故而使然。我们问：能鼓励创作界的活跃性的是些什么？刊物是否可以救济这消沉的？努力过刊物的诞生的人们，一定知道刊物又时常会因为别的复杂原因而夭折的。它常是极脆嫩的孩儿……。那么有创作冲动的笔锋，努力于刊物的手臂，此刻何不联在一起，再来一次合作，逼着创造界又挺出一个新鲜的萌芽！管它将来能不能成田壤，成森林，成江山，一个萌芽是一个萌芽。脆嫩？惟其是脆嫩，我们大家才更要来爱护它。

这时代是我们特有的，结果我们单有情感而没有表现这情绪的艺术，眼看着后代人笑我们是黑暗时代的哑子，没有艺术，没有文章，乃至于怀疑到我们有不有情感！

回头再看到祖宗传流下那神气的衣钵，怎不觉得惭愧！说世乱，杜老头子过的是什么日子！辛稼轩当日的愤慨当使我们同情！……何必诉，诉不完。难道现在我们这时代没有形形色色的人物，喜剧悲剧般的人生作题？难道我们现时没有美丽，没有风雅，没有丑陋，恐慌，没有感慨，没有希望？！难道连经这些天灾战祸，我们都不会描述，身受这许多刺骨的辱痛，我们都不会愤慨高歌迸出一缕滚沸的血流？！

难道我们真麻木了不成？难道我们这时代的语辞真贫穷得不能达意？难道我们这时代真没有学问真没有文章？！朋友们努力挺出一根活的萌芽来，记着这个时代是我们的。

> 初刊于一九三四年五月二十六日《华北日报·剧艺周》，署名林徽音。

第一幕

我想象到编剧时，一个作者对他的"第一幕"是怎样个态度，我总替作者难为情。好像一个母亲请客以前，在一堆孩子中间，对她的大女儿带着央求的口气说："你是大姊姊呢，你总得让一点，你还得替妈妈多帮点忙才是好孩子！"于是大姊姊脸红着，知道做大姊姊真是做大姊姊，你一点不能含糊，你自己的自尊心和骄傲就不容你。

于是一样是一幕，第一幕的肩膀上却多背上许多严重的责任，累得一身汗却不能令人知道你在忙些什么，回头好让弟弟妹妹干干净净，脸圆圆的，眼珠发着亮，还许带着顽皮相，一个接着一个出来，使人看了欢喜。

作者捧着一堆宝贵的材料，和第一幕商量：你看这一堆人物事实，我要告诉这全世界这些这些话，我要他们每个都听到，我还要他们都感到这些这些问题，这些这些人生的症结，花样，我要他们同我一样感触，疑虑，悲苦，快畅……你替我想想我该从那里开始。

你看，作者手指着幻想中的千万观众给第一幕看，这许多人老远的跑到这里来，老老实实的花了钱买了票，挤在人群中坐着等你，等你把我这一堆宝贵的材料好好的展览出来。你得知道我们时间真不多，你得经济，敏捷，一样一样的不露痕迹的介绍起来——地点，时间，人物的背景，互相的关系，人物每个的本身！

说起人物，作者更郑重的对着第一幕非常认真的脸望，说起人物，这可又要麻烦你特别的加小心，这里要紧的是明晰，不是铺张，出场的每一个人观众都不认识，说话里所提到的每一个亲戚，朋友，闲人，也都不能糊里糊涂，令人摸不着头脑。并且中坚人物之外，所有合作的配角，人数形状职务也要你第一幕自己选择。记着处处要经济，这些人物在剧文中既不是均等的重要，你第一幕就得帮忙观众节省精力，不要滥废了不必需的注意力，集中他们的精神抓住剧情的枢纽，或是人物的性格，或是其动作，计划的或偶然的，或是一件主要物事。

说到这里问题又严重了，第一幕的工作自然是介绍，在短时间中，你得介绍所有在开幕以前与剧文有关系的事实，你得介绍出来许多关系人物，但是事实人物之中又都有轻重之处，你陈列出来一堆事一堆人，观众对他们既都是陌生的，你又如何使他们不茫然不知何去何从呢？

如果你慌慌张张，把所有主要角色事物都捧出来，挤在混乱中间，等观众慢慢去猜想，或会悟那几个是重要的，自动的由混乱中集中注意，别说时间不经济，多数的观众根本就嫌太吃力，懒得用心到那样程度。观众本来不是到剧场去绞尽脑浆猜想作者用意所在的！

因此介绍是绝对不能不有秩序，并且在介绍最主要的人物之前，一定需要相当的准备，一等介绍出来则观众不能不给他特种的注意。这准备是可以事半功倍的，所以值得研究。

那么能引起观众特别注意的到底是什么？对于这点，观众从来不曾骗过作者，他们说：老实告诉你，你要引不起我们的兴趣，你就别想我们给你注意，更别说什么同情。（一个人尽可以在台上服毒自杀，捶胸痛哭，观众可以很不高兴想怎样去雇车回家睡觉。）

这句话很干脆，作者如果不太糊涂，他自然就得先逗起观众的兴趣——一种好奇心——就拿这逗起来的兴趣，作向导来引人入胜。所以一个剧的开始时，所引起的兴趣是大大的有责任的。它是前面打着的灯笼，一路上照着整个剧本的线索。佛来弟气〔急〕着刚要去给他母亲雇车时和卖花女撞个满怀＊萧伯纳的《卖花女》第一幕。——作者原注；花篮掉在地上他也没有理的走了，剩下卖花女不断的埋怨，用她那可笑的乡伧语言。这里好处不止是引起观众的兴趣，要紧的是不着痕迹的介绍卖花女，和她的怪腔调的语言。等一会旁人再告诉卖花女，后面有个人在那里说她的每一句话，观众的注意便一直引到了剧情的最主要的关键上去。

如果第一幕只为着热闹，讨好于观众，无端的要逗起他们乐一回，那只是错引了他们的注意到岔道上去，等到观众忽然感觉到走差〔岔〕了道儿，那时的老〔恼〕羞成怒，一股怨气作兴全要派到作者的头上去的。

易卜生写他的《社会柱石》时，写信给人说，第一幕常是最难的一幕，这话不是无因的，经验教训了他，使他匆匆重写他的第一幕。他的《罗斯马庄》的初稿（"白马"）与后来发表的颇不相同。最大的分别也就在那迷信白马来临一节的提前，引起一个可怕的空气，加上牧师绕道不敢走那条板桥，因为"那桩事谁也不容易忘记"等等，令人不能不对那迷信好奇。

总而言之，第一幕最大的任务是介绍。不论其为背景人物，介绍的工作除明晰外，还要引导观众集中注意，不靡费精力。要观众集中注意的唯一方法则是引逗他们发生兴趣，在剧情的最有关键的地方。

那么一开头就得引逗兴趣，无疑的是个非同小可的工作。它所取的方式需要灵活或明显，要自然，不露痕迹，要来得早，来得干脆，别等到别人家咳嗽，摇着剧单，互相耳语表示不耐烦。

并且这工作须彻底的懂得他本身的使命，不在无端的讨好观众，却是为其剧情关键作重要的准备——是集中的工作，不是枝节的点缀。

萧伯纳的《康第达》第一幕中一介绍完了声望极著的谟勒牧师之后，由牧师及其男女书记口中便引起观众对牧师爱妻康第达的非常浓挚的兴趣。等到康第达出场之后，观众的兴趣又立刻被引到青年佑瑾身上。佑瑾出场以后，观众立刻便又对着他们中间互相的关系发生兴趣，这互相的关系本来就是这剧情中的关键所在。

奥尼尔的《奇异的插曲》（*Strange Inter Iude*）第一幕所介绍的，最重要的便是妮娜的心理变态，观众的兴趣便被作者由一开头一间书房起，一步一步由查利的回想，而老父的苦痛，而妮娜自己的行动走上去，达到妮娜决定离家的一个大的"悬点"（Suspense）上，注意完全集中在妮娜的将来。

表现派中剧文简单到 Elmer Rice*Elmer Rice 艾尔默·莱斯，美国戏剧家。的《机器算盘》*《机器算盘》今译《加算器》。，它的第一幕也能极无痕迹的，把观众的兴趣引到那在场两个角色的生活上。在场一共只有夫妇两人，丈夫躺在床上，老婆站着梳头，预备睡觉，嘴中单独的说出他们单调生活中所引起的，极委琐丑陋的简单思想。这里惟其是单调委琐到令人悲惨，所以才会令人对这躺在床上的人的生活发生同情，希〔稀〕奇他日间过得是怎样个日子！所以等到看到第二幕里，那单调的办公室中记账员生活，观众所有的怜悯心，便早已有了彻底的根据。

一本好剧的第一幕，都是有两个可贵的肩膀，上面能挺着许多艰难的工作的。每一个剧本如果要成功，是绝不能缺乏这么一个任劳任怨的大女儿的。作者在未动笔以前自是难为情的说："你是大姊姊呢，……"但是同时也毫不客气的，把许多责任加在这要撑面子的大女儿身上！

> 初刊于一九三四年八月二十五日《大公报·文艺副刊》第九十六期,署名徽音。

山西通信

××××:

居然到了山西,天是透明的蓝,白云更流动得使人可以忘记很多的事,单单在一点什么感情底下,打滴溜转;更不用说到那山山水水,小堡垒,村落,反映着夕阳的一角庙,一座塔!景物是美得到处使人心慌心痛。

我是没有出过门的,没有动身之前不容易动,走出来之后却就不知道如何流落才好。旬日来眼看去的都是图画,日子都是可以歌唱的古事。黑夜里在山场里看河南来到山西的匠人,围住一个大红炉子打铁,火花和铿锵的声响,散到四围黑影里去。微月中步行寻到田陇〔垄〕废庙,划一根"取灯"偷偷照看那辽塑观音的脸,一片平静几百年来,没有动过感情的,在那一闪光底下,倒像挂上一缕笑意。

我们因为探访古迹走了许多路;在种种情形之下感慨到古今兴废。在草丛里读碑碣,在砖堆中间偶然碰到菩萨的一只手一个微笑,都是可以激动起一些不平常的感觉来的。乡村的各种浪漫的位置,秀丽天真;中间人物维持着老老实实的鲜艳颜色,老的扶着拐杖,小的赤着胸背,沿路上点缀的,尽是他们明亮的眼睛和笑脸。由北平城里来的我们,东看看,西走走,夕阳背在背上,真和掉在另一个世界里一样！云块，天，和我们之间似乎失掉了一切障碍。我乐时就高兴的笑，笑声一直散到对河对山，说不定那一个林子，那一个村落里去！我感觉到一种平坦，竟许是辽阔，和地面恰恰平行着舒展开来，感觉的最边沿的边沿，和大地的边沿，永远赛着向前伸……

我不会说，说起来也只是一片疯话人家不耐烦听。以我描写一些实际情形我又不大会，总而言之，远地里，一处田亩有人在工作，上面青的，黄的，紫的，分行的长着；每一处山坡上，有人在走路，放羊，迎着阳光，背着阳光，投射着蠕动的光影；每一个小城，前面站着城楼，旁边睡着小庙，那里又托出一座石塔，神和人，都服贴〔帖〕的，满足的，守着他们那一角天地，近地里，则更有的是热闹，一条街里站满了人，孩子头上梳着三个小辫子的，四个小辫子的，乃至于五六个小辫子的，衣服简单到只剩一个红兜肚，上面隐约也总有他嬷嬷挑的两三朵花！

娘娘庙前面树荫底下，你又能阻止谁来看热闹？教书先生出来了，军队里兵卒拉着马过来了，几个女人娇羞的手拉着手，也扭着来站在一边了，小孩子争着挤，看我们照相，拉皮尺量平面，教书先生帮忙我们拓碑文。说起来这个那个庙，都是年代可多了，什么时候盖的，谁也说不清了！说话之人来得太多，我们工作实在发生困难了，可是我们大家都顶高兴的，小孩子一边抱着饭碗吃饭，一边睁着大眼看，一点子也不松懈。

我们走时总是一村子的人来送的，儿媳妇指着说给老婆婆听，小孩们跑着还要跟上一段路。开栅镇，小相村，大相村，那一处不是一样的热闹，看到北齐天保三年造像碑，我们不小心的，漏出一个惊异的叫喊，他们乡里湾〔弯〕着背的，老点儿的人，就也露出一个得意的微笑，知道他们村里的宝贝，居然吓着这古怪的来客了。"年代多了吧，"他们骄傲的问。"多了多了，"我们高兴的回答，"差不多一千四百年了。""呀，一千四百年！"我们便一齐骄傲起来。

　　我们看看这里金元重修的，那里明季重修的殿宇，讨论那式样做法的特异处，塑像神气，手续，天就渐渐黑下来，嘴里觉到渴，肚里觉到饿，才记起一天的日子圆圆整整的就快结束了。回来躺在床上，绮丽鲜明的印象仍然挂在眼睛前边，引导着种种适意的梦，同时晚饭上所吃的菜蔬果子，便给养充实着，我们明天的精力，直到一大颗太阳，红红的照在我们的脸上。

窗子以外

> 初刊于一九三四年九月五日《大公报·文艺副刊》第九十九期,署名林徽音。

话从那里说起?等到你要说话,什么话都是那样渺茫的找不到个源头。

此刻,就在我眼帘底下坐着是四个乡下人的背影;一个头上包着黯黑的白布,两个褪色的蓝布,又一个光头。他们支起膝盖,半蹲半坐的,在溪沿的短墙上休息。每人手里一件简单的东西;一个是白木棒,一个篮子,那两个在树荫底下我看不清楚。无疑的他们已经走了许多路,再过一刻,抽完一筒旱烟以后,是还要走许多路的。兰花烟的香味频频随着微风,袭到我官觉上来,模糊中还有几段山西梆子的声调,虽然他们坐的地方是在我廊子的铁纱窗以外。

铁纱窗以外,话可不就在这里了。永远是窗子以外,不是铁纱窗就是玻璃窗,总而言之,窗子以外!

所有的活动的颜色声音,生的滋味,全在那里的。你并不是不能看到,只不过是永远的在你窗子以外罢了。多少百里的平原土地,多少区域的起伏的山峦,昨天由窗子外映进你的眼帘,那是多少生命日夜在活动着的所在;每一根青的什么麦黍,都有人流过汗;每一粒黄的什么米粟,都有人吃去;其间还有的是周折,是热闹,是紧张!可是你则并不一定能看见,因为那所有的周折,热闹，紧张，全都在你窗子以外展演着。

在家里罢，你坐在书房里，窗子以外的景物本就有限。那里两树马缨，几棵丁香；榆叶梅横出风雅的一大枝；海棠因为缺乏阳光，每年只开个两三朵——叶子上满是虫蚁吃的创痕，还卷着一点焦黄的边；廊子幽秀的开着扇子式，六边形的格子窗，透过外院的日光，外院的杂音。什么送煤的来了，偶然你看到一个两个被煤炭染成黔黑的脸；什么米送到了，一个人掮着一大口袋在背上，慢慢踱过屏门；还有自来水，电灯，电话公司来收账的，胸口斜挂着皮口袋，手里推着一辆自行车；更有时厨子来个朋友了，满脸的笑容，"好呀，好呀，"的走进门房；什么赵妈的丈夫来拿钱了，那是每月一号一点都不差的，早来了你就听到两个人唧唧哝哝争吵的声浪。那里不是没有颜色，声音，生的一切活动，只是他们和你总隔个窗子——扇子式的，六边形的，纱的，玻璃的！

你气闷了把笔一搁说，这叫做甚么生活！你站起来，穿上不能算太贵的鞋袜，但这双鞋和袜的价钱也就比——想它做什么，反正有人每月的工资，一定只有这价钱的一半乃至于更少。你出去雇洋车了，拉车的嘴里所讨的价钱当然是要比例价高得多，难道你就傻子似的答应下来？不，不，三十二子，拉就拉，不拉，拉倒！心里也明白，如果真要充内行，你就该说，二十六子，拉就拉——但是你好意思争！

车开始辗动了，世界仍然在你窗子以外。长长的一条胡同，一个个大门紧紧的关着。就是有开的，那也只是露出一角，隐约可以看到里面有南瓜棚子，底下一个女的，坐在小凳上缝缝做做的；另一个，抓住还不能走路的小孩子，伸出头来喊那过路卖白菜的。至于白菜是多少钱一斤，那你是听不见了，车子早已拉得老远，并且你也无需乎知道的。在你每月费用之中，伙食是一定占去若干的。在那一笔伙食费里，白菜又是多么小的一个数。难道你知道了门口卖的白菜多少钱一斤,你真把你哭丧着脸的厨子叫来申斥一顿,告诉他每一斤白菜他多开了你一个"大子儿"?

车越走越远了,前面正碰着粪车,立刻你拿出手绢来,皱着眉,把鼻子蒙得紧紧的,心里不知怨谁好。怨天做的事太古怪;好好的美丽的稻麦却需要粪来浇! 怨乡下人太不怕臭,不怕脏,发明那么两个篮子,放在鼻前手车上,推着慢慢走! 你怨市里行政人员不认真办事,如此脏臭不卫生的旧习不能改良,十余年来对这粪车难道真无办法? 为着强烈的臭气隔着你窗子还不够远,因此你想到社会卫生事业如何还办不好。

路渐渐好起来,前面墙高高的是个大衙门。这里你简直不止隔个窗子,这一带高高的墙是不通风的。你不懂里面有多少办事员,办的都是什么事;多少浓眉大眼的,对着乡下人做买卖的吆喝诈取;多少个又是脸黄黄的可怜虫,混半碗饭分给一家子吃。自欺欺人,里面天天演的到底是甚么把戏? 但是如果里面真有两三个人拼了命在那里奋斗,为许多人争一点便利和公道,你也无从知道!

到了热闹的大街了,你仍然像在特别包厢里看戏一样,本身不会,也不必参加那出戏;倚在栏杆上,你在审美的领略,你有的是一片闲暇。但是如果这里洋车夫问你在那里下来,你会吃一惊,仓卒不知所答。生活所最必需的你并不缺乏什么,你这出来就也是不必需的活动。

偶一抬头,看到街心和对街铺子前面那些人,他们都是急急忙忙的,在时间金钱的限制下采办他们生活所必需的。两个女人手忙脚乱的在监督着店里的伙计称秤。二斤四两,二斤四两的什么东西,且不必去管,反正由那两个女人的认真的神气上面看去,必是非同小可,性命交关的货物。并且如果称得少一点时,那两个女人为那点吃亏的分量必定感到重大的痛苦;如果称得多时,那伙计又知道这年头那损失在东家方面真不能算小。于是那两边的争持是热烈的，必需的，大家声音都高一点；女人脸上呈块红色，头发披下了一缕，又用手抓上去；伙计则维持着客气，口里嚷着：错不了，错不了！

热烈的，必需的，在车马纷纭的街心里，忽然由你车边冲出来两个人；男的，女的，各各提起两脚快跑。这又是干什么的，你心想，电车正在拐大弯。那两人原就追着电车，由轨道旁边擦过去，一边追着，一边向电车上卖票的说话。电车是不容易赶的，你在洋车上真不禁替那街心里奔走赶车的担心。但是你也知道如果这趟没赶上，他们就可以在街旁站个半点来钟，那些宁可盼穿秋水不雇洋车的人，也就是因为他们的生活而必需计较和节省到洋车同电车价钱上那相差的数目。

此刻洋车跑得很快，你心里继续着疑问你出来的目的，到底采办一些甚么必需的货物。眼看着男男女女挤在市场里面，门首出来一个，进去一个，手里都是持着包包裹裹，里边虽然不会全是他们当日所必需的，但是如果当中夹着一盒稍微奢侈的物品，则亦必是他们生活中间闪着亮光的一个愉快！你不是听见那人说么？里面草帽，一块八毛五，贵倒贵点，可是"真不赖"！他提一提帽盒向着打招呼的朋友，他摸一摸他那剃得光整的脑袋，微笑充满了他全个脸。那时那一点迸射着光闪的愉快，当然的归属于他享受，没有一点疑问，因为天知道，这一年中他多少次的克己省俭，使他赚来这一次美满的，大胆的奢侈！

那点子奢侈在那人身上所发生的喜悦，在你身上却完全失掉作用，没有闪一星星亮光的希望！你想，整年整月你所花费的，和你那窗子以外的周围生活程度一比较，严格算来，可不都是非常靡费的用途？每奢侈一次，你心上只有多难过一次，所以车子经过的那些玻璃窗口，只有使你更惶恐，更空洞，更怀疑，前后彷徨不着边际。并且看了店里那些形形色色的货物，除非你真是傻子，难道不晓得它们多半是由那一国工厂里制造出来的！奢侈是不能给你愉快的，它只有要加增你的戒惧烦恼。每一尺好看点的纱料，每一件新鲜点的工艺品！

你诅咒着城市生活，不自然的城市生活！检点行装说，走了，走了；这沉闷没有生气的生活，实在受不了，我要换个样子过活去。健康的旅行既可以看看山水古刹的名胜，又可以知道点内地纯朴的人情风俗。走了，走了，天气还不算太坏，就是走他一个月六礼拜也是值得的。

没想到不管你走到那里，你永远免不了坐在窗子以内的。不错，许多时髦的学者常常骄傲地带上"考察"的神气，架上科学的眼镜，偶然走到那里一个陌生的地方瞭望，但那无形中的窗子是仍然存在的。不信，你检查他们的行李，有谁不带着罐头食品，帆布床，以及别的证明你还在你窗子以内的种种零星用品，你再摸一摸他们的皮包，那里短不了有些钞票；一到一个地方，你有的是一个提另的小小世界。不管你的窗子朝向那里望，所看到的多半则仍是在你窗子以外，隔层玻璃，或是铁纱！隐隐约约你看到一些颜色，听到一些声音，如果你私下满足了，那也没有甚么，只是千万别高兴起说什么接触了，认识了若干事物人情，天知道那是罪过！洋鬼子们的一些浅薄，千万学不得。

你是仍然坐在窗子以内的，不是火车的窗子，汽车的窗子，就是客栈逆旅的窗子，再不然就是你自己无形中习惯的窗子，把你搁在里面。接触和认识实在谈不到，得天独厚的闲暇生活先不容你。一样是旅行，如果你背上掮的不是照相机而是一点做买卖的小血本，你就需要全付〔副〕的精神来走路：你得留神投宿的地方；你得计算一路上每吃一次烧饼和几颗沙果的钱；遇着同行的战战兢兢的打招呼，互相捧出诚意，遇着困难时好互相关照帮忙；到了一个地方你是真带着整个血肉的身体到处碰运气，紧张的境遇不容你不奋斗，不与其他奋斗的血和肉的接触，直到经验使得你认识。

前日公共汽车里一列辛苦的脸，那些谈话，里面就有很多生活的分量。陕西过来做生意的老头和那旁坐的一股客气，是不得已的；由交城下车的客人执着红粉包纸烟递到汽车行管事手里也是有多少理由的，穿棉背心的老太婆默默地挟住一个蓝布包袱，一个钱包，是在用尽她的全付〔副〕本领的。果然到了冀村，她错过站头，还亏别个客人替她要求车夫，将汽车退行两里路，她还不大相信的望着那村站，口里噜苏着这地方和上次如何两样了。开车的一面发牢骚一面爬到车顶替老太婆拿行李，经验使得他有一种涵养，行旅中少不了有认不得路的老太太，这个道理全世界是一样的，伦敦警察之所以特别和蔼，也是从迷路的老太太孩子们身上得来的。

话说了这许多，你仍然在廊子底下坐着，窗外送来溪流的喧响，兰花烟气味早已消失，四个乡下人这时候当已到了上流"庆和义"磨坊前面。昨天那里磨坊的伙计很好笑的满脸挂着面粉，让你看着磨坊的构造；坊下的木轮，屋里旋转着的石碾，又在高低的院落里，来回看你所不经见的农具在日影下列着。院中一棵老槐一丛鲜艳的杂花一条曲曲折折引水的沟渠，伙计和气的伴着说闲话。他用着山西口音，告诉你，那里一年可出五千多包的面粉，每包的价钱约略两块多钱。又说这十几年来，这一带因为山水忽然少了，磨坊关闭了多少家，外国人都把那些磨坊租去作他们避暑的别墅。惭愧的你说，你就是住在一个磨坊里面，他脸上堆起微笑，让面粉一星星在日光下映着，说认得认得，原来你所租的磨坊主人，一个外国牧师，待这村子极和气，乡下人和他还都有好感情。

这真是难得了，并且好感的由来还有实证。就是那一天早上你无意中出去探古寻胜，这一省山明水秀，古刹寺院，动不动就是宋辽的原物。走到山上一个小村的关帝庙里，看到一个铁铎，刻着万历年号，原来是万历赐这村里庆成王的后人的，不知怎样流落到卖古董的手里，七年前让这牧师买去，晚上打着玩，嘹亮的钟声被村人听到，急忙赶来打听，要凑原价买回，情辞恳切，说起这是他们吕姓的祖传宝物，决不能让它流落出境，这牧师于是真个把铁铎还了他们，从此便在关帝庙神前供着。

这样一来你的窗子前面便展开了一张浪漫的图画，打动了你好奇，管它是隔一层或两层窗子，你也忍不住要打听点底细，怎么明庆成王的后人会姓吕！这下子文章便长了。

如果你的祖宗是皇帝的嫡亲弟弟，你是不会，也不愿，忘掉的。据说庆成王是永乐的弟弟，这赵庄村里的人都是他的后代。不过就是因为他们记得太清楚了，另一朝的皇帝都有些老大不放心，雍正间诏令他们改姓，由姓朱改为姓吕，但是他们还有用二十字排行的方法，使得他们不会弄错他们是这一脉子孙。

这样一来你就有点心跳了，昨天你雇来那打水洗衣服的不也是赵庄村来的，并且还姓吕！果然那土头土脑圆脸大眼的少年是个皇裔贵族，真是有失尊敬了。那么这村子一定穷得不得了，但事实上则不见得。

田亩一片，年年收成也不坏。家家户户门口有特种围墙，像个小小堡垒——当时防匪用的。屋子里面有大漆衣柜衣箱，柜门上白铜擦得亮亮；炕上棉被红红绿绿也颇鲜艳。可是据说关帝庙里已有四年没有唱戏了，虽然戏台还高巍巍的对着正殿。村子这几年穷了，有一位王孙告诉你，唱戏太花钱，尤其是上边使钱。这里到底是隔个窗子，你不懂了，一样年年好收成，为甚么这几年村子穷了，只模模糊糊听到什么军队驻了三年多等，更不懂的是，村子向上一年辛苦后的娱乐，关帝庙里唱唱戏，得上面使钱？既然隔个窗子听不明白,你就通气点别尽管问了。

隔着一个窗子你还想明白多少事?昨天雇来吕姓倒水,今天又学洋鬼子东逛西逛,跑到下面养有鸡羊,上面挂有武魁匾额的人家,让他们用你不懂得的乡音招呼你吃茶,炕上坐,坐了半天出到门口,和那送客的女人周旋客气了一回,才恍然大悟,她就是替你倒脏水洗衣裳的吕姓王孙的妈,前晚上还送饼到你家来过!

这里你迷糊了。算了算了!你简直老老实实的坐在你窗子里得了,窗子以外的事,你看了多少也是枉然,大半你是不明白,也不会明白的。

纪念志摩去世四周年

> 初刊于一九三五年十二月八日《大公报·文艺副刊》第五十六期，署名徽因。此期为"星期特刊"。

今天是你走脱这世界的四周年！朋友，我们这次拿什么来纪念你？前两次的用香花感伤的围上你的照片，抑住嗓子底下叹息和悲梗〔哽〕，朋友和朋友无聊的对望着，完成一种纪念的形式，俨然是愚蠢的失败。因为那时那种近于伤感，而又不够宗教庄严的举动，除却点明了你和我们中间的距离，生和死的间隔外，实在没有别的成效；几乎完全不能达到任何真实纪念的意义。

去年今日我意外的由浙南路过你的家乡，在昏沉的夜色里我独立火车门外，凝望着那幽暗的站台，默默的回忆许多不相连续的过往残片，直到生和死间居然幻成一片模糊，人生和火车似的蜿蜒，一串疑问在苍茫间奔驰。我想起你的：

火车擒住轨，在黑夜里奔
过山，过水，过……

如果那时候我的眼泪曾不自主的溢出睫外，我知道你定会原谅我的。你应当相信我不会向悲哀投降，什么时候我都相信倔强的忠于生的，即使人生如你底下所说：

就凭那精窄的两道，算是轨，
驮着这份重，梦一般的累坠！

就在那时候我记得火车慢慢地由站台拖出一程一程的前进，我也随着酸怆的诗意，那"车的呻吟"，"过荒野，过池塘，……过噤口的村庄"。到了第二站——我的一半家乡。

今年又轮到今天这一个日子！世界仍旧一团糟，多少地方是黑云布满着粗筋络望〔往〕理想的反面猛进，我并不在瞎说，当我写：

信仰只一细炷香，
那点子亮再经不起西风
沙沙的隔着梧桐树吹！

朋友，你自己说，如果是你现在坐在我这位子上，迎着这一窗太阳；眼看着菊花影在墙上描画作态；手臂下倚着两叠今早的报纸；耳朵里不时隐隐的听着朝阳门外"打靶"的枪弹声；意识的，潜意识的，要明白这生和死的谜，你又该写成怎样一首诗来，纪念一个死别的朋友？

此时，我却是完全的一个糊涂！习惯上我说，每桩事都像是造物的意旨，归根都是运命，但我明知道每桩事都有我们自己的影子在里面烙印着！我也知道每一个日子是多少机缘巧合凑拢来拼成的图案，但我也疑问其间的排布谁是主宰。据我看来：死是悲剧的一章，生则更是一场悲剧的主干！我们这一群剧中的角色自身性格与性格矛盾；理智与情感两不相容；理想与现实当面冲突，侧面或反面激成悲哀。日子一天一天向前转，昨日和昨日堆垒起来混成一片不可避脱的背景，做成我们周遭的墙壁或气氲，那么结实又那么缥缈，使我们每一人站在每一天的每一个时候里都是那么主要，又是那么渺小无能为！

此刻我几乎找不出一句话来说，因为，真的，我只是个完全的糊涂；感到生和死一样的不可解，不可懂。

但是我却要告诉你，虽然四年了，你脱离去我们这共同活动的世界，本身停掉参加牵引事体变迁的主力，可是谁也不能否认，你仍立在我们烟涛渺茫的背景里，间接的是一种力量，尤其是在文艺创造的努力和信仰方面。间接的你任凭自然的音韵，颜色，不时的风轻月白，人的无定律的一切情感，悠断悠续的仍然在我们中间继续着生，仍然与我们共同交织着这生的纠纷，继续着生的理想。你并不离我们太远。你的身影永远挂在这里那里，同你生前一样的飘忽，爱在人家不经意时莅止，带来勇气的笑声也总是那么嘹亮，还有，还有经过你热情或焦心苦吟的那些诗，一首一首仍串着许多人的心旋转。

说到你的诗，朋友，我正要正经的同你再说一些话。你不要不耐烦，这话迟早我们总要说清的。人说盖棺定论，前者早已成了事实，这后者在这四年中，说来叫人难受，我还未曾读到一篇中肯或诚实的论评，虽然对你的赞美和攻讦由你去世后一两周间，就纷纷开始了。但是他们每人手里拿的都不像纯文艺的天秤；有的喜欢你的为人；有的疑问你私人的道德；有的单单尊崇你诗中所表现的思想哲学；有的仅喜爱那些软弱的细致的句子；有的每发议论必须牵涉到你的个人生活之合乎规矩方圆，或断言你是轻薄，或引证你是浮奢豪侈！朋友，我知道你从不介意过这些，许多人的浅陋老实或刻薄处你早就领略过一堆，你不止未曾生过气，并且常常表示怜悯同原谅；你的心情永远是那么洁净；头老抬得那么高；胸中老是那么完整的诚挚；臂上老有那么许多不折不挠的勇气。但是现在的情形与以前却稍稍不同，你自己既已不在这里，做你朋友的,眼看着你被误解,曲解,乃至于谩骂,有时真忍不住替你不平。

但你可别误会我心眼儿窄,把不相干的看成重要,我也知道误解曲解谩骂,都是不相干的,但是朋友,我们谁都需要有人了解我们的时候,真了解了我们,即使是痛下针砭,骂着了我们的弱处错处,那整个的我们却因而更增添了意义,一个作家文艺的总成绩更需要一种就文论文,就艺术论艺术的和平判断。

你在《猛虎集》序中说"世界上再没有比写诗更惨的事",你却并未说明为什么写诗是一桩惨事,现在让我来个注脚好不好?我看一个人一生为着一个愚诚的倾向,把所感受到的复杂的情绪尝味到的生活,放到自己的理想和信仰的锅炉里烧炼成几句悠扬铿锵的语言(那怕是几声小唱),来满足他自己本能的艺术的冲动,这本来是个极寻常的事。那一个地方那一个时代,都不断有这种人。轮着做这种人的多半是为着他情感来的比寻常人浓富敏锐,而为着这情感而发生的冲动更是非实际的 —— 或不全是实际的 —— 追求,而需要那种艺术的满足而已。说起来写诗的人的动机多么单简可怜,正是如你序里所说"我们都是受支配的善良的生灵"! 虽然有些诗人因为他们的成绩特别高厚旷阔包括了多数人,或整个时代的艺术和思想的冲动,从此便在人中间披上神秘的光圈,使"诗人"两字无形中挂着崇高的色彩。这样使一般努力于用韵文表现或描画人在自然万物间交错的情绪思想的,便被人的成见看作夸大狂的旗帜,需要同时代人的极冷酷的讥讪和不信任来扑灭它,以挽救人类的尊严和健康。

我承认写诗是惨淡经营,孤立在人中挣扎的勾当,但是因为我知道太清楚了,你在这上面单纯的信仰和诚恳的尝试,为同业者奋斗,卫护他们情感的愚诚,称扬他们艺术的创造,自己从未曾求过虚荣,我觉得你始终是很逍遥舒畅的。如你自己所说"满头血水"你"仍不曾低头",你自己相信"一点性灵还在那里挣扎","还想在实际生活的重重压迫下透出一些声响来"。

简单的说,朋友,你这写诗的动机是坦白不由自主的,你写诗的态度是诚实,勇敢,而倔强的。这在讨论你诗的时候,谁都先得明了的。

至于你诗的技巧问题,艺术上的造诣,在这新诗仍在彷徨歧路的尝试期间,谁也不能坚决的论断。不过有一桩事我很想提醒现在讨论新诗的人,新诗之由于无条件无形制宽泛到几乎没有一定的定义时代,转入这讨论外形内容,以至于音节韵脚章句意象组织等艺术技巧问题的时期,即是根据着对这方面努力尝试过的那一些诗,你的头两个诗集子就是供给这些讨论见解最多材料的根据。外国的土话说"马总得放在马车的前面",不是?没有一些尝试的成绩放在那里,理论家是不能老在那里发一堆空头支票的,不是?

你自己一向不止在那里倔强的尝试用功,你还曾用尽你所有活泼的热心鼓励别人尝试,鼓励"时代"起来尝试,——这种工作是最犯风头嫌疑的,也只有你胆子大头皮硬顶得下来!我还记得你要印诗集子时我替你捏一把汗,老实说还替你在有文彩〔采〕的老前辈中间难为情过,我也记得我初听到人家找你办"晨副"时我的焦急,但你居然板起个脸抓起两把鼓槌子为文艺吹打开路乃至于扫地,铺鲜花,不顾旧势力的非难,新势力的怀疑,你干你的事"事在人为,做了再说"那股子劲,以后别处也还很少见。

现在你走了,这些事渐渐在人的记忆中模糊下来,你的诗和文章也散漫在各小本集子里,压在有极新鲜的封皮的新书后面,谁说起你来,不是麻麻〔马马〕糊糊的承认你是过去中一个势力,就是拿能够挑剔看轻你的诗为本事(散文人家很少提到,或许"散文家"没有诗人那么光荣不值得注意),朋友,这是没法子的事,我却一点不为此灰心，因为我有我的信仰。

　　我认为我们这写诗的动机既如前边所说那么简单愚诚；因在某一时，或某一刻敏锐的接触到生活上的锋芒，或偶然的触遇到理想峰巅上云彩星霞，不由得不在我们所习惯的语言中，编缀出一两串近于音乐的句子来，慰藉自己，解放自己，去追求超实际的真美，读诗者的反应一定有一大半也和我们这写诗的一样诚实天真，仅想在我们句子中间由音乐性的愉悦，接触到一些生活的底蕴，渗合着美丽的憧憬；把我们的情绪给他们的情绪搭起一座浮桥；把我们的灵感，给他们生活添些新鲜；把我们的痛苦伤心再揉成他们自己忧郁的安慰！

　　我们的作品会不会长存在下去，也就看它们会不会活在那一些我们从不认识的人，我们作品的读者，散在各时，各处互相不认识的孤单的人的心里的，这种事它自己有自己的定律，并不需要我们的关心的。你的诗据我所知道的，它们仍旧在这里浮沉流落，你的影子也就浓淡参差的系在那些诗句中，另一端印在许多不相识人的心里。朋友，你不要过于看轻这种间接的生存，许多热情的人他们会为着你的存在，而加增了生的意识的。伤心的仅是那些你最亲热的朋友们和同兴趣的努力者，你不在他们中间的事实，将要永远是个不能填补的空虚。

　　你走后大家就提议要为你设立一个"志摩奖金"来继续你鼓励人家努力诗文的素志，勉强象征你那种对于文艺创造拥护的热心，使不及认得你的青年人永远对你保存着亲热。如果这事你不觉到太寒伧不够热气，我希望你原谅你这些朋友们的苦心，在冥冥之中笑着给我们勇气来做这一些蠢诚的事吧。

二十四年十一月十九日　北平

蛛丝和梅花

> 初刊于一九三六年二月二日《大公报·文艺副刊》第八十六期，署名徽因。此期为"星期特刊"。

真真的就是那么两根蛛丝，由门框边轻轻的牵到一枝梅花上。就是那么两根细丝，迎着太阳光发亮……再多了，那还像样么？一个摩登家庭如何能容蛛网在光天白日里作怪，管它有多美丽，多玄妙，多细致，够你对着它联想到一切自然，造物的神工和不可思议处；这两根丝本来就该使人脸红，且在冬天够多特别！可是亮亮的，细细的，倒有点像银，也有点像玻璃制的细丝，委实不算讨厌，尤其是它们那么潇脱风雅，偏偏那样有意无意的斜着搭在梅花的枝梢上。

你向着那丝看，冬天的太阳照满了屋内，窗明几净，每朵含苞的，开透的，半开的梅花在那里挺秀吐香，情绪不竟〔禁〕迷茫缥缈的充溢心胸，在那刹那的时间中振荡。同蛛丝一样的细弱，和不必需，思想开始抛引出去；由过去牵到将来，意识的，非意识的，由门框梅花牵出宇宙，浮云沧波踪迹不定。是人性，艺术，还是哲学，你也无暇计较，你不能制止你情绪的充溢，思想的驰骋，蛛丝梅花竟然是瞬息可以千里！

好比你是蜘蛛，你的周围也有你自织的蛛网，细致地牵引着天地，不怕多少次风雨来吹断它，你不会停止了这生命上基本的活动。此刻"……一枝斜好，幽香不知甚处，……"

拿梅花来说吧，一串串丹红的结蕊缀在秀劲的傲骨上，最可爱，最可赏，等半绽将开的错落在老枝上时，你便会心跳！梅花最怕开；开了便没话说。索性残了，沁香拂散同夜里炉火都能成了一种温存的凄清。

记起了，也就是说到梅花，玉兰。初是有个朋友说起初恋时玉兰刚开完，天气每天的暖，住在湖旁，每夜跑到湖边林子里走路，又静坐幽僻石上看隔岸灯火，感到好像仅有如此虔诚的孤对一片泓碧寒星远市，才能把心里情绪抓紧了，放在最可靠最纯净的一撮思想里，始不至亵渎了或是惊着那"寤寐思服"的人儿。那是极年轻的男子初恋的情景，——对象渺茫高远，反而近求"自我的"郁结深浅，——他问起少女的情绪。

就在这里，忽记起梅花。一枝两枝，老枝细枝，横着，虬着，描着影子，喷着细香；太阳淡淡金色的铺在地板上；四壁琳琅，书架上的书和书签都像在发出言语；墙上小对联记不得是谁的集句；中条是东坡的诗。你敛住气，简直不敢喘息，巅〔跕〕起脚，细小的身形嵌在书房中间，看残照当窗，花影摇曳，你像失落了什么，有点〈儿〉迷惘。又像"怪东风着意相寻"，有点儿没主意！浪漫，极端的浪漫。"飞花满地谁为扫？"你问，情绪风似的吹动，卷过，停留在惜花上面。再回头看看，花依旧嫣然不语。"如此俜停〔娉婷〕，谁人解看花意，"你更沉默，几乎热情的感到花的寂寞，开始怜花，把同情统统诗意的交给了花心！

这不是初恋，是未恋，正自觉"解看花意"的时代。情绪的不同，不止是男子和女子有分别，东方和西方也甚有差异。情绪即使根本相同，情绪的象征，情绪所寄托，所栖止的事物却常常不同。水和星子同西方情绪的联系，早就成了习惯。一颗星子在蓝天里闪，一流冷涧倾泻一片幽愁的平静，便激起他们诗情的波涌，心里甜蜜的，热情的便唱着由那些鹅羽的笔锋散下来的"她的眼如同星子在暮天里闪",或是"明丽如同单独的那颗星,照着晚来的天",或"多少次了,在一流碧水旁边,忧愁倚下她低垂的脸"。

惜花,解花太东方,亲昵自然,含着人性的细致是东方传统的情绪。

此外年龄还有尺寸,一样是愁,却跃跃似喜,十六岁时的,微风零乱,不颓废,不空虚,巅〔踮〕着理想的脚充满希望,东方和西方却一样。人老了脉脉烟雨,愁吟或牢骚多折损诗的活泼。大家如香山,稼轩,东坡,放翁的白发华发,很少不梗在诗里,至少是令人不快。话说远了,刚说是惜花,东方老少都免不了这嗜好,这倒不论老的雪鬓曳杖,深闺里也就攒眉千度。

最叫人惜的花是海棠一类的"春红",那样娇嫩明艳,开过了残红满地,太招惹同情和伤感。但在西方即使也有我们同样的花,也还缺乏我们的廊庑庭院。有了"庭院深深深几许"才有一种庭院里特有的情绪。如果李易安的"斜风细雨"底下不是"重门须闭",也就不"萧条"得那样深沉可爱;李后主的"终日谁来"也一样的别有寂寞滋味。看花更须庭院,深深琐〔锁〕在里面认识,不时还得有轩窗栏杆,给你一点凭借,虽然也用不着十二栏杆倚遍,那么慵弱无聊。

当然旧诗里伤愁太多;一首诗竟像一张美的证券,可以照着市价去兑现!所以庭花,乱红,黄昏,寂寞太滥,诗常失却诚实。西洋诗,恋爱总站在前头,或是"忘掉",或是"记起",月是为爱,花也是为爱,只使全是真情,也未尝不太腻味。就以两边好的来讲;拿他们的月光同我们的月色比,似乎是月色滋味深长得多。花更不用说了;我们的花"不是预备采下缀成花球,或花冠献给恋人的",却是一树一树绰约的,个性的,自己立在情人的地位上接受恋歌的。

所以未恋时的对象最自然的是花,不是因为花而起的感慨，——十六岁时无所谓感慨，——仅是刚说过的自觉解花的情绪，寄托在那清丽无语的上边，你心折它绝韵孤高，你为花动了感情，实说你同花恋爱，也未尝不可，——那惊讶狂喜也不减于初恋。还有那凝望，那沉思……

一根蛛丝！记忆也同一根蛛丝，搭在梅花上就由梅花枝上牵引出去，虽未织成密网，这诗意的前后，也就是相隔十几年的情绪的联络。

午后的阳光仍然斜照，庭院阒然，离离疏影，房里窗棂和梅花依然伴和成为图案，两根蛛丝在冬天还可算为奇迹，你望着它看，真有点像银，也有点像玻璃，偏偏那么斜挂在梅花的枝梢上。

二十五年新年漫记

《文艺丛刊小说选》题记

> 初刊于一九三六年三月一日《大公报·文艺副刊》第一百零二期，署名林徽因。此期为『星期特刊』。

《大公报》文艺副刊出了一年多，现在要将这第一年中属于创造的短篇小说，提出来选出若干篇印成单行本，供给读者更方便的阅览。这个工作的确该使认真的作者和读者两方面全都高兴。

这里篇数并不多，人数也不多，但是聚在一个小小的选集里也还结实饱满，拿到手里可以使人充满喜悦的希望。

我们不怕读者读过了以后，这燃起的希望或者又会黯下变成失望。因为这失望竟许是不可免的，如果读者对创造界诚恳的抱着很大的理想，心里早就叠着不平常的企望。但只要是读者诚实的反应，我们都不害怕。因为这里是一堆作者老实的成绩，合起来代表一年中创造界一部分的试验，无论拿什么标准来衡量它，断定它的成功或失败，谁也没有一句话说的。

现在姑且以编选人对这多篇作品所得的感想来说，供读者浏览评阅这本选集时一种参考。简单的就是底下的一点意见。

如果我们取鸟瞰的形势来观察这个小小的局面，至少有一个最显著的现象展在我们眼下。在这些作品中，在题材的选择上似乎有个很偏的倾向：那就是趋向农村或少受教育分子或劳力者的生活描写。这倾向并不偶然，说好一点，是我们这个时代对于他们——农人与劳力者——有浓重的同情和关心；说坏一点，是一种盲从趋时的现象。但最公平的说，还是上面的两个原因都有一点关系。描写劳工社会，乡村色彩已成一种风气，且在文艺界也已有一点成绩。初起的作家，或个性不强烈的作家，就容易不自觉的，因袭这种已有眉目的格调下笔。尤其是在我们这时代，青年作家都很难过自己在物质上享用，优越于一般少受教育的民众，便很自然的要认识乡村的穷苦，对偏僻的内地发生兴趣，反倒撇开自己所熟识的生活不写。拿单篇来讲，许多都写得好，还有些写得特别精采〔彩〕的。但以创造界全盘试验来看，这种偏向表示贫弱，缺乏创造力量。并且为良心的动机而写作，那作品的艺术成分便会发疑问。我们希望选集在这一点上可以显露出这种创造力的缺乏，或艺术性的不真纯，刺激作家们自己更有个性，更热真的来刻画这多面综错复杂的人生，不拘泥于任何一个角度。

除却上面对题材的偏向以外，创造文艺的认真却是毫无疑问的。前一时代在流畅文字的烟幕下，刻薄的以讽刺个人博取流行幽默的小说，现已无形的摈出努力创造者的门外，衰灭下去几至绝迹。这个情形实在也值得我们作者和读者额手相庆的好现象。

在描写上，我们感到大多数所取的方式是写一段故事，或以一两人物为中心，或以某地方一桩事发生的始末为主干单纯的发展与结束，这也是比较薄弱的手法。这个我们疑惑或是许多作者误会了短篇的限制，把它的可能性看得过窄的缘故。生活大胆的断面，这里少有人尝试，剖示贴己生活的矛盾也无多少人认真的来做。这也是我们中间一种遗憾。

至于关于这里短篇技巧的水准，平均的程度，编选人却要不避嫌疑的提出请读者注意。无疑的，在结构上，在描写上，在叙事与对话的分配上，多数作者已有很成熟自然的运用。生涩幼稚和冗长散漫的作品，在新文艺早期中毫无愧色的散见于各种印刷物中，现在已完全敛迹。通篇的连贯，文字的经济，着重点的安排，颜色图画的鲜明，已成为极寻常的标准。在各篇中我们相信读者一定不会不觉察到那些好处的；为着那些地方就给了编选人以不少愉快和希望。

最后如果不算离题太远，我们还要具体的讲一点我们对于作者与作品的见解。作品最主要处是诚实。诚实的重要还在题材的新鲜，结构的完整，文字的流丽之上。即作品需诚实于作者客观所明了，主观所体验的生活。小说的情景即使整个是虚构的，内容的情感却全得借力于迫真的，体验过的情感，毫不能用空洞虚假来支持着伤感的"情节"！所谓诚实并不是作者必需〔须〕实际的经过在作品中所提到的生活，而是凡在作品中所提到的生活，的确都是作者在理智上所极明了，在感情上极能体验得出的情景或人性。许多人因为自疚生活方式不新鲜，而故意的选择了一些特殊浪漫，而自己并不熟识的生活来做题材，然后敲诈自己有限的幻想力去铺张出自己所没有的情感，来骗取读者的同情。这种创造既浪费文字来夸张虚伪的情景和伤感，那些认真的读者，要从文艺里充实生活认识人生的，自然要感到十分的不耐烦和失望的。

生活的丰富不在生存方式的种类多与少，做过学徒，又拉过洋车，去过甘肃又走过云南，却在客观的观察力与主观的感觉力同时的锐利敏捷，能多面的明了及尝味所见，所听，所遇，种种不同的情景；还得理会到人在生活上互相的关系与牵连；固定的与偶然的中间所起戏剧式的变化；最后更得有自己特殊的看法及思想，信仰或哲学。

一个生活丰富者不在客观的见过若干事物，而在能主观的能激发很复杂，很不同的情感，和能够同情于人性的许多方面的人。

所以一个作者，在运用文字的技术学问外，必需是能立在任何生活上面，能在主观与客观之间，感觉和了解之间，理智上进退有余，情感上横溢奔放，记忆与幻想交错相辅，到了真即是假，假即是真的程度，他的笔下才现着活力真诚。他的作品才会充实伟大，不受题材或文字的影响，而能持久普遍的动人。

  这些道理，读者比作者当然还要明白点，所以作品的估价永远操在认真的读者手里，这也是这个选集不得不印书，献与它的公正的评判者的一个原因。

究竟怎么一回事

初刊于一九三六年八月三十日《大公报·文艺副刊》第二百零六期,署名林徽因。此期为"诗歌特刊"。

写诗究竟是怎么一回事?

写诗,或可说是要抓紧一种一时闪动的力量,一面跟着潜意识浮沉,摸索自己内心所萦回,所着重的情感——喜悦,哀思,忧怨,恋情,或深,或浅,或缠绵,或热烈;又一方面顺着直觉,认识,辨味,在眼前或记忆里官感所触遇的意象——颜色,形体,声音,动静,或细致,或亲切,或雄伟,或诡异;再一方面又追着理智探讨,剖析,理会这些不同的性质,不同分量,流转不定的情感意象所互相融会,交错策动而发生的感念;然后以语言文字(运用其声音意义)经营,描画,表达这内心意象,情绪,理解在同时间或不同时间里,适应或矛盾的所共起的波澜。

写诗,或又可说是自己情感底,主观底,所体验了解到底;和理智底,客观底所检察辨别到的,同时达到一个程度,腾沸横溢,不分宾主的互相起了一种作用,由于本能的冲动,凭着一种天赋的兴趣和灵巧,驾驭一串有声音,有图画,有情感的言语,来表现这内心与外物息息相关的联系,及其所发生的悟理或境界。

写诗,或又可以说是若不知其所以然底,灵巧底,诚挚底,在传译给理想的同情者,自己内心所流动的情感穿过繁复的意象时,被理智所窥探而由直觉与意识分着记取的符录!一方面似是惨淡经营，——至少是专诚致意，一方面似是借力于平时不经意的准备，"下笔有神"的妙手偶然拈来；忠于情感，又忠于意象，更忠于那一串刹那间内心整体闪动的感悟。

写诗，或又可说是经过若干潜意识的酝酿，突如其来的，在生活中意识到那么凑巧的一顷刻小小时间；凑巧底，灵异底，不能自已底，流动着一片浓挚或深沉的情感，敛聚着重重繁复演变的情绪，更或凝定入一种单纯超卓的意境，而又本能的迫着你要刻画一种适合的表情。这表情积极的，像要流泪叹息或歌唱欢呼，舞蹈演述；消极的，又像要幽独静处，沉思自语。换句话说，这两者合一，便是一面要天真奔放，热情底自白去邀同情和了解，同时又要寂寞沉默，孤僻的自守来保持悠然自得的完美和严肃！

在这一个凑巧的一顷刻小小时间中（着重于那凑巧的），你的所有直觉，理智，官感，情感，记性和幻想，独立底及交互底都迸出它们不平常的锐敏，紧张，雄厚，壮阔及深沉。在它们潜意识的流动，——独立底或交互底融会之间——如出偶然而又不可避免的涌上一闪感悟，和情趣——或即所谓灵感——或是亲切底对自我得失悲欢；或辽阔底对宇宙自然；或智慧底对历史人性。这一闪感悟或是混沌朦胧，或是透彻明晰。像光同时能照耀洞察，又能抚摩包含你的所有已经尝味，还在尝味，及幻想尝味的"生"的种种形色质量，且又活跃着其间综错重叠于人于我的意义。

这感悟情趣的闪动——灵感的脚步——来得轻时，好比潺潺清水婉转流畅，自然的洗涤，浸润一切事物情感，倒影映月，梦残歌罢，美感的旋起一种超实际的权衡轻重，可抒成慷慨缠绵千行的长歌，可留下如幽咽微叹般的三两句诗词。愉悦的心声，轻灵的心画，常如啼鸟落花，轻风满月，夹杂着情绪的缤纷；泪痕巧笑，奔放轻盈，若有意若无意的遗留在各种言语文字上。

但这感悟情趣的闪动，若激越澎湃来得强时，可以如一片惊涛飞沙，由大处见到纤微，由细弱的物体看它变动，宇宙人生，幻若苦谜。一切又如经过烈火燃烧锤炼，分散，减化成为净纯的茫焰气质，升处所有情感意象于空幻，神秘，变移无定，或不减不变绝对，永恒的玄哲境域里去，卓越隐奥，与人生情理遥远底好像隔成距离。身受者或激昂通达，或禅寂淡远，将不免挣扎于超情感，超意象，乃至于超言语，以心传心的创造。隐晦迷离，如禅偈玄诗，便不可制止的托生在与那幻理境界几不适宜的文字上，占定其生存权。

写诗……

总而言之，天知道究竟写诗是怎么一回事。在写诗的时候，或者是"我知道，天知道"；到写了之后，最好学 Browning 不避嫌疑的自讥的，只承认"天知道"，天下关于写诗的笔墨官司便都省了。

我们仅听到写诗人自己说一阵奇异的风吹过，或是一片澄清的月色，一个惊讶，一次心灵的振荡，便开始他写诗的尝试，迷于意境文字音乐的搏斗，但是究竟这奇异的风和月，心灵的振荡或惊讶是甚么？是不是仍为那可以追踪到内心直觉的活动；到潜意识后面那综错交流的情感与意象；那意识上理智的感念思想；以及要求表现的本能冲动？灵异的风和月所指的当是外界的一种偶然现象，同时却也是指它们是内心活动的一种引火线。诗人说话没有不打比喻的。

我们根本早得承认诗是不能脱离象征比喻而存在的。在诗里情感必依附在意象上，求较具体的表现；意象则必须较明晰底或沉着底，恰适底烘托情感，表征含义。如果这还需要解释，常识底，我们可以问：在一个意识的或直觉的，官感，情感，理智，同时并重的一个时候，要一两句简约的话来代表一堆重叠交错的外象和内心情绪思想所发生的微妙的联系，而同时又不失却原来情感的质素分量，是不是容易或可能的事？一个比喻或一种象征在字面或事物上可以极简单，而同时可以带着字面事物以外的声音颜色形状，引起它们与其他事物关系的联想。这个办法可以多方面底来辅助每句话确实的含义，而又加增官感情感理智每方面的刺激和满足，道理甚为明显。

无论什么诗都从不曾脱离过比喻象征，或比喻象征式的言语。诗中意象多不是寻常纯客观的意象。诗中的云霞星宿，山川草木，常有人性的感情，同时内心人性的感触反又变成外界的体象，虽简明浅现隐奥繁复各有不同的。但是诗虽不能缺乏比喻象征，象征比喻却并不是诗。

诗的泉源，上面已说过，是意识与潜意识底融会交流综错的情感意象和概念所促成；无疑的，诗的表现必是一种形象情感思想合一的语言。但是这种语言，不能仅是语言，它又须是一种类似动作的表情，这种表情又不能只是表情，而须是一种理解概念的传达。它同时须不断的传译情感，描写现象诠释感悟。它不是形体而须创造形体颜色；它是音声，却最多仅要留着长短节奏。最要紧的是按着疾徐高下，和有限的铿锵音调，依附着一串单独或相联的字义上边；它须给直觉意识，情感理智，以整体的快惬。

因为相信诗是这样繁难的一列多方面条件的满足，我们不能不怀疑到纯净意识的，理智的，或可以说是"技术的"创造——或所谓"工"之绝无能为。诗之所以发生，就不叫它做灵感的来临，主要的亦当在那一闪力量突如其来，或灵异的一刹那的"凑巧"，将所有繁复的"诗的因素"都齐集会萃于一俄顷偶然的时间里。所以诗的创造或完成，主要亦当在那灵异的，凑巧的，偶然的活动一部分属意识，一部分属直觉，更多一部分属于潜意识的，所谓"不以文而妙"的"妙"。理智情感，明晰隐晦都不失之过偏。意象瑰丽迷离，转又朴实平淡，像是纷纷纭纭不知所从来，但飘忽中若有必然的线索可寻；理解玄奥繁难，也像是纷纷纭纭莫明所以。但错杂里又是斑驳分明，情感穿插联系其中，若有若无，给草木气候，给热情颜色。一首好诗在一个会心的读者前边有时真会是一个奇迹！但是伤感流丽，铺张的意象，涂饰的情感，用人工连缀起来，疏忽的看去，也未尝不像是诗。故作玄奥渊博，颠倒义象，堆砌起重重理喻的诗，也可以吓然惊人一下。

　　写诗究竟是怎么一回事，真是惟有天知道得最清楚！读者与作者，读者与读者，作者与作者关于诗的意见，历史告诉我传统的是要永远的差别分歧，争争吵吵到无尽时。因为老实的说，谁也仍然不知道写诗是怎么一回事的，除却如这篇文字所表示的，勉强以抽象的许多名词，具体的一些比喻来捉摸描写那一种特殊的直觉活动，献出一个极不能令人满意的答案。

彼　此

> 初刊于一九三九年二月五日《今日评论》第一卷第六期，署名林徽因。

朋友又见面了，点点头笑笑，彼此晓得这一年不比往年，彼此是同增了许多经验。个别的说，这时间中每一人的经历虽都有特殊的形相，含着特殊的滋味，需要个别的情绪来分析来描述。

总〔综〕合的说，这许多经验却是一整片仿佛同式同色，同大小，同分量的迷惘。你触着那一角，我碰上这一头，归根还是那一片迷惘笼罩着彼此。七月！——这两字就如同史歌的开头那么有劲——八月，九月带来了那狂风，后来，后来过了年——那无法忘记的除夕！——又是那一月，二月，三月，到了七月，再接再厉的又到了年夜。现在又是一月二月在开始……谁记得最清楚，这串日子是怎样的延续下来，生活如何的变？想来彼此都不会记得过分清晰，一切都似乎在迷离中旋转，但谁又会忘掉那么切肤的重重忧患的网膜？

经过炮火或流浪的洗礼，变换又变换的日月，难道彼此脸上没有一点记载这经验的痕迹？但是当整一片国土纵横着创痕，大家都是"离散而相失……去故乡而就远"，自然"心婵媛而伤怀兮，眇不知其所蹠"，脸上所刻那几道并不使彼此惊讶，所以还只是笑笑好。口角边常添几道酸甜的纹路，可以帮助彼此咀嚼生活。何不默认这一点：在迷惘中人最应该有笑，这种的笑，虽然是敛住神经，敛住肌肉，仅是毅力的后背，它却是必需的，如同保护色对于许多生物，是必需的一样。

那一晚在××江心，某一来船的甲板上，热臭的人丛中，他记起他那时的困顿饥渴和狼狈，旋绕他头上的却是那真实倒如同幻象，幻象又成了真实的狂敌杀人的工具，敏捷而近代型的飞机：美丽得像鱼像鸟……！这里黯然的一掬笑是必需的，因为同样的另外一个人懂得那原始的骤然唤起纯筋肉反射作用的恐怖。他也正在想那时他在××车站台上露宿，天上有月，左右有人，零落如同被风雨摧落后的落叶，瑟索地蜷伏着，他们心里都在回味那一天他们所初次尝到的敌机的轰炸！谈话就可以这样无限制的延长，因为现在都这样的记忆，——比这样更辛辣苦楚的——在各人心里真是太多了！随便提起一个地名大家所熟悉的都会或商埠，随着全会涌起怎样的一个最后印象！

再说初入一个陌生城市的一天，——这经验现在又多普遍！——尤其是在夜间，这里就把个别的情形和感触除外，在大家心底曾留下的还不是一剂彼此都熟识的清凉散？苦里带涩，那滋味侵入脾胃时，小小的冷噤会轻轻在背脊上爬过，用不着丝毫锐性的感伤！也许他可以说他在那夜进入某某城内时，看到一列小店门前凄惶的灯，黄黄的发出奇异的晕光，使他嗓子里如梗着刺，感到一种发紧的触觉。你所能记得的却是某一号车站后面黯白的煤气灯射到陌生的街心里，使你心里好像失落了什么。

那陌生的城市，在地图上指出时，你所经过的同他所经过的也可以有极大的距离，你同他当时的情形也可以完全的不相同。但是在这里，个别的异同似乎非常之不相干；相干的仅是你我会彼此点头，彼此会意，于是也会彼此的笑笑。

七月在卢沟桥与敌人开火以后，纵横中国土地上的脚印密密的衔接起来，更加增了中国地域广漠的证据。每个人参加过这广漠地面上流转的大韵律的，对于尘土和血，两件在寻常不多为人所理会的，极寻常的天然质素，现在每人在他个别的角上，对它们都发生了莫大亲切的认识。每一寸土，每一滴血，这种话，已是可接触，可把持的十分真实的事物，不仅是一句话一个"概念"而已。

在前线的前线，兴奋和疲劳已掺拌着尘土和血另成一种生活的形体魂魄。睡与醒中间，饥与食中间，生和死中间，距离短得几乎不存在！生活只是一股力，死亡一片沉默的恨，事情简单得无可再简单。尚在生存着的，继续着是力，死去的也继续着堆积成更大的恨。恨又生力，力又变恨，惘惘的却勇敢的循环着，其他一切则全是悬在这两者中间悲壮热烈的穿插。

在后方，事情却没有如此简单，生活仍然缓弛地伸缩着；食宿生死间距离恰像黄昏长影，长长的，尽向前引伸，像要扑入夜色，同夜溶成一片模糊。在日夜宽泛的循回里于是穿插反更多了，真是天地无穷，人生长勤。生之穿插零乱而琐屑，完全无特殊的色泽或轮廓，更不必说英雄气息壮烈成分。斑斑点点仅像小血锈凝在生活上，在你最不经意中烙印生活。如果你有志不让生活在小处窳败，逐渐减损，由锐而钝，由张而弛，你就得更感谢那许多极平常而琐碎的摩擦，无日无夜的透过你神经，肌肉或意识。这种时候，叹息是悬起了，因一切虽然细小，却绝非从前所熟识的感伤。每件经验都有它粗壮的真实，没有叹息的余地。口边那酸甜的纹路是实际哀乐所刻画而成，是一种坚忍韧性的笑。因为生活既不是简单的火焰时，它本身是付〔副〕沉重，需要韧性的支持，需要产生这韧性支持的力量。

现在后方的问题，是这种力量的泉源在那里？决不凭着平日均衡的理智，——那是不够的，天知道！尤其是在这时候，情感就在皮肤底下"踊跃其若汤"，似乎它所需要的是超理智的冲动！现在后方被缓的生活，紧的情感，两面摩擦得愁郁无快，居戚戚而不可解，每个人都可以苦恼而又热情的唱"终长夜之曼曼兮，掩此哀而不去"，或"宁逝〔溘〕死而流亡兮，不忍为此之常愁"！支持这日子的主力在那里呢？你我生死，就不检讨它的意义以自大，也还需要一点结实的凭借才好。

我认得有个人，很寻常的过着国难日子的寻常人，写信给他朋友说，他的嗓子虽然总是那么干哑，他却要哑着嗓子私下告诉他的朋友：他感到无论如何在这时候，他为这可爱的老国家带着血活着，或流着血或不流着血死去，他都觉得荣耀，异于寻常的，他现在对于生与死都必然感到满足。这话或许可以在许多心弦上叩起回响，我常思索这简单朴实的情感是从那里来的。

信念？像一道泉流透过意识，我开始明了理智同热血的冲动以外，还有个纯真的力量的出处。信心产生力量，又可储蓄力量。

信仰坐在我们中间多少时候了，你我可曾觉察到？信仰所给与我们的力量不也正是那坚忍韧性的倔强？我们都相信，我们只要都为它忠贞的活着或死去，我们的大国家自会永远的向前迈进，由一个时代到又一个时代。我们在这生是如此艰难，死是这样容易的时候，彼此仍会微笑点头的缘故也就在这里吧？现在生活既这样的彼此患难同味，这信心自是，我们此时最主要的连系，不信你问他为什么仍这样硬朗的活着，他的回答自然也是你的回答，如果他也问你。

信仰坐在我们中间多少时候了？那理智热情都不能代替的信心！

思索时许多事，在思流的过程中，总是那么晦涩，明了时自己都好笑所想到的是那么简易明显的事实！此时我拭下额汗，差不多可以意识到自己口边的纹路，我尊重着那酸甜的笑，因为我明白起来，它是力量。

话不用再说了,现在一切都是这么彼此,这么共同,个别的情绪这么不相干。当前的艰苦不是个别的,而是普遍的,充满整一个民族,整一个时代! 我们今天所叫做生活的,过后它便是历史。客观的无疑我们彼此所熟识的艰苦正在展开一个大时代。所以别忽略了我们现在彼此的点点头。且最好让我们共同酸甜的笑纹,有力的,坚韧的,横过历史。

一片阳光

> 初刊于一九四六年十一月二十四日《大公报·文艺副刊》，署名林徽因。此期为「星期艺文」第七期。

放了假，春初的日子松弛下来。将午未午时候的阳光，澄黄的一片，由窗槛横浸到室内，晶莹的四处射。我有点发怔，习惯的在沉寂中惊讶我的周围。我望着太阳那湛明的体质，像要辨别它那交织绚烂的色泽，追逐它那不着痕迹的流动。看它洁净的映到书桌上时，我感到桌面上平铺着一种恬静，一种精神上的豪兴，情趣上的闲逸；即或所谓"窗明几净"，那里默守着神秘的期待，漾开诗的气氛。那种静，在静里似可听到那一处琤琮［玜］的泉流，和着仿佛是断续的琴声，低诉着一个幽独者自娱的音调。看到这同一片阳光射到地上时，我感到地面上花影浮动，暗香吹拂左右，人随着晌午的光霭花气在变幻，那种动，柔谐婉转有如无声音乐，令人悠然轻快，不自觉的脱落伤愁。至多，在舒扬理智的客观里使我偶一回头，看看过去幼年记忆步履所留的残迹，有点儿惋惜时间；微微怪时间不能保存情绪，保存那一切情绪所曾流连的境界。

倚在软椅上不但奢侈，也许更是一种过失，有闲的过失。但东坡的辩护"懒者常似静，静岂懒者徒"，不是没有道理。如果此刻不倚榻上而"静"，则方才情绪所兜的小小圈子便无条件的失落了去！人家就不可惜它，自己却实在不能不感到这种亲密的损失的可哀。

就说它是情绪上的小小旅行吧，不走并无不可，不过走走未始不是更好。归根说，我们活在这世上到底最珍惜一些什么？果真珍惜万物之灵的人的活动所产生的种种，所谓人类文化？这人类文化到底又靠一些什么？我们怀疑或许就是人身上那一撮精神同机体的感觉，生理心理所共起的情感，所激发出的一串行为，所聚敛的一点智慧，——那么一点点人之所以为人的表现。宇宙万物客观的本无所可珍惜，反映在人性上的山川草木禽兽才开始有了秀丽，有了气质，有了灵犀。反映在人性上的人自己更不用说。没有人的感觉，人的情感，即便有自然，也就没有自然的美，质或神方面更无所谓人的智慧，人的创造，人的一切生活艺术的表现！这样说来，谁该鄙弃自己感觉上的小小旅行？为壮壮自己胆子，我们更该相信惟其人类有这类情绪的驰骋，实际的世间才赓续着产生我们精神所寄托的文物精萃。

此刻我竟可以微微一咳嗽，乃至于用播音的圆润口调说：我们既然无疑的珍惜文化，即尊重盘古到今种种的艺术——无论是抽象的思想的艺术，或是具体的驾驭天然材料另创的非天然形象——则对于艺术所由来的渊源，那点点人的感觉，人的情感智慧（通称人的情绪的），又当如何的珍惜才算合理？

但是情绪的驰骋，显然不是诗或画或任何其他艺术建造的完成。这驰骋此刻虽占了自己生活的若干时间，却并不在空间里占任何一个小小位置！这个情形自己需完全明了。此刻它仅是一种无踪迹的流动，并无栖身的形体。它或含有各种或可捉摸的质素，但是好奇的探讨这个质素而具体要表现它的差事，无论其有无意义，除却本人外，别人是无能为力的。我此刻为着一片清婉可喜的阳光，分明自己在对内心交流变化的各种联想发生一种兴趣的注意，换句话说，这好奇与兴趣的注意已是我此刻生活的活动。一种力量又迫着我来把握住这个活动，而设法表现它，这不易抑制的冲动，或即所谓技术冲动也未可知！只记得冷静的杜工部散散步，看看花，也不免会有"江上被花恼不彻，无处告诉只颠狂"的情绪上一片紊乱！玲珑煦暖的阳光照人面前，那美的感人力量就不减于花，不容我生硬的自己把情绪分划为有闲与实际的两种，而权其轻重，然后再决定取舍的。我也只有情绪上一片紊乱。

情绪的旅行本偶然的事，今天一开头便为着这片春初晌午的阳光，现在也还是为着它。房间内有两种豪侈的光常叫我心绪紧张如同花开，趁着感觉的微风，深浅零乱于冷智的枝叶中间。一种是烛光，高高的台座，长垂的蜡泪，熊熊红焰当帘幕四下时各处光影掩映。那种闪烁明艳，雅有古意，明明是画中景象，却含有更多诗的成分。另一种便是这初春晌午的阳光，到时候有意无意的大片子洒落满室，那些窗槛栏板几案笔砚浴在光霭中，一时全成了静物图案；再有红蕊细枝点缀几处，室内更是轻香浮溢，叫人俯仰全触到一种灵性。

这种说法怕有点会发生误会，我并不说这片子阳光射入室内，需要笔砚花香那些儒雅的托衬才能动人，我的意思倒是：室内顶寻常的一些供设，只要一片阳光这样又幽娴又洒脱的落在上面，一切都会带上另一种动人的气息。

这里要说到我最初认识的一片阳光。那年我六岁，记得是刚刚出了水珠以后——水珠即寻常水痘，不过我家乡的话叫它做水珠。当时我很喜欢那美丽的名字，忘却它是一种病，因而也觉到一种神秘的骄傲。只要人过我窗口问问出"水珠"么？我就感到一种荣耀。那个感觉至今还印在脑子里。也为这个缘故，我还记得病中奢侈的愉悦心境。虽然同其他多次的害病一样，那次我仍然是孤独的被囚禁在一间房屋里休养的。那是我们老宅子里最后的一进房子；白粉墙围着小小院子，北面一排三间，当中夹着一个开敞的厅堂。我病在东头娘的卧室里。西头是婶婶的住房。娘同婶永远要在祖母的前院里行使她们女人们的职务的，于是我常是这三间房屋惟一留守的主人。

在那三间屋子里病着,那经验是难堪的。时间过得特别慢,尤其是在日中毫无睡意的时候。起初,我仅集注我的听觉在各种似脚步,又不似脚步的上面。猜想着,等候着,希望着人来。间或听听隔墙各种琐碎的声音,由墙基底下传达出来又消敛了去。过一会,我就不耐烦了 —— 不记得是怎样的,我就趿着鞋,捱着木床走到房门边。房门向着厅堂斜斜的开着一扇,我便扶着门框好奇的向外探望。

那时大概刚是午后两点钟光景,一张刚开过饭的八仙桌,异常寂寞的立在当中。桌下一片由厅口处射进来的阳光,泄泄融融的倒在那里。一个绝对悄寂的周围伴着这一片无声的金色的晶莹,不知为什么,忽使得那六岁孩子的心里起了一次极不平常的振荡。

那里并没有几案花香,美术的布置,只是一张极寻常的八仙桌。如果我的记忆没有错,那上面在不多时间以前,是刚陈列过咸鱼、酱菜一类极寻常俭朴的午餐的。小孩子的心却呆了。或许两只眼睛倒张大一点,四处的望,似乎在寻觅一个问题的答案。为怎〔什〕么那片阳光美得那样动人? 我记得我爬到房内窗前的桌子上坐着,有意无意的望望窗外;院里粉墙疏影同室内那片金色的和煦绝然不同趣味。顺便我翻开手边娘梳装〔妆〕用的旧式镜箱,又上下摇动那小排抽屉,同那刻成花篮形状的小铜坠子,不时听雀跃过枝清脆的鸟语。心里却仍为着那片阳光隐着一片模糊的疑问。

时间经过二十多年,直到今天,又是这样一泄阳光,一片不可捉摸,不可思议流动的而又恬静的瑰宝,我才明白我那问题是永远没有答案的。事实上仅是如此:一张孤独的桌,一角寂寞的厅堂,一只灵巧的镜箱,或窗外断续的鸟语,和水珠 —— 那美丽小孩子的病名 —— 便凑巧永远同初春静沉的阳光整整复斜斜的成了我回忆中极自然的联想。

林徽因全集

小说

初刊于一九三一年九月《新月》第三卷第九期，署名"林徽音女士"。

窘

暑假中真是无聊到极点，维杉几乎急着学校开课，他自然不是特别好教书的，——平日他还很讨厌教授的生活——不过暑假里无聊到没有办法，他不得不想到做事是可以解闷的。拿做事当作消遣也许是堕落，中年人特有的堕落。"但是，"维杉狠命的划一下火柴，"中年了又怎样？"他又点上他的烟卷连抽了几口。朋友到暑假里，好不容易找，都跑了，回南的不少，几个年轻的，不用说，更是忙得可以。当然脱不了为女性着忙，有的远赶到北戴河去。只剩下少朗和老晋几个永远不动的金刚，那又是因为他们有很好的房子有太太有孩子，真正过老牌子的中年生活，谁都不像他维杉的四不像的落魄！

维杉已经坐在少朗的书房里有一点多钟了，说着闲话，虽然他吃烟的时候比说话的多。难得少朗还是一味的活泼，他们中间隔着十年倒是一件不很显著的事，虽则少朗早就做过他的四十岁整寿，他的大孩子去年已进了大学。这也是旧式家庭的好处，维杉呆呆的靠在矮榻上想，眼睛望着竹帘外大院子。一缸莲花和几盆很大的石榴树，夹竹桃，叫他对着北京这特有的味道赏玩。他喜欢北京，尤其是北京的房子院子。有人说北京房子傻透了，尽是一律的四合头，这说话的够多没有意思，他那里懂得那均衡即对称的庄严？北京派的摆花也是别有味道，连下人对盆花也是特别的珍惜，你看那一个大宅子的马号院里，或是门房前边，没有几盆花在砖头叠的座子上整齐的放着？想到马号维杉有些不自在了，他可以想象到他的洋车在日影底下停着，车夫坐在脚板上歪着脑袋睡觉，无条件的在等候他的主人，而他的主人……

无聊真是到了极点。他想立起身来走，却又看着毒火般的太阳胆怯。他听到少朗在书桌前面说："昨天我亲戚家送来几个好西瓜，今天该冰得可以了。你吃点吧？"

他想回答说："不，我还有点事，就要走了。"却不知不觉的立起身来说："少朗，这夏天我真感觉沉闷，无聊！委实说这暑假好不容易过。"

少朗递过来一盒烟，自己把烟斗衔到嘴里，一手在桌上抓摸洋火。他对维杉看了一眼，似笑非笑的皱了一皱眉头——少朗的眉头是永远有文章的。维杉不觉又有一点不自在，他的事情，虽然是好几年前的事情，少朗知道得最清楚的——也许太清楚了。

"你不吃西瓜么？"维杉想拿话岔开。

少朗不响，吃了两口烟，一边站起来按电铃，一边轻轻的说："难道你还没有忘掉？"

"笑话！"维杉急了，"谁的记性抵得住时间？"

少朗的眉头又皱了一皱，他信不信维杉的话很难说。他嘱咐进来的陈升到东院和太太要西瓜，他又说："索性请少爷们和小姐出来一块儿吃。"少朗对于家庭是绝对的旧派，和朋友们一处时很少请太太出来的。

"孩子们放暑假，出去旅行后，都回来了，你还没有看见吧？"

从玻璃窗，维杉望到外边。从石榴和夹竹桃中间跳着走来两个身材很高，活泼泼的青年和一个穿着白色短裙的女孩子。

"少朗，那是你的孩子长得这么大了？"

"不,那个高的是孙家的孩子,比我的大两岁,他们是好朋友,这暑假他就住在我们家里。你还记得孙石年不? 这就是他的孩子,好聪明的!"

"少朗,你们要都让你们的孩子这样的长大,我,我觉得简直老了!"

竹帘子一响,旋风般的,三个活龙似的孩子已经站在维杉跟前。维杉和小孩子们周旋,还是维杉有些不自在,他很别扭的拿着长辈的样子问了几句话。起先孩子们还很规矩,过后他们只是乱笑。那又有什么办法? 天真烂漫的青年知道什么?

少朗的女儿,维杉三年前看见过一次,那时候她只是十三四岁光景,张着一双大眼睛,转着黑眼珠,玩他的照相机。这次她比较腼腆的站在一边,拿起一把刀替他们切西瓜。维杉注意到她那只放在西瓜上边的手。她在喊"小篁哥"。她说:"你要切,我可以给你这一半。"小嘴抿着微笑。她又说:"可要看谁切得别致,要式样好!"她更笑得利〔厉〕害一点。

维杉看她比从前虽然高了许多,脸样却还是差不多那么圆满,除却一个小尖的下颏。笑的时候她的确比不笑的时候大人气一点,这也许是她那排小牙很有点少女的丰神的缘故。她的眼睛还是完全的孩子气,闪亮,闪亮的,说不出还是灵敏,还是秀媚。维杉呆呆的想:一个女孩子在成人的边沿真像一个绯红的刚成熟的桃子。

孙家的孩子毫不客气的过来催她说:"你那里懂得切西瓜,让我来吧!"

"对了,芝妹,让他吧,你切不好的!"他〔她〕哥哥也催着她。

"爹爹,他们又打伙着来麻烦我。"她柔和的唤她爹。

"真丢脸,现时的女孩子还要爹爹保护么?"他们父子俩对看着笑了一笑,他拉着他的女儿过来坐下问维杉说:"你看她还是进国内的大学好,还是送出洋进外国的大学好?"

"什么? 这么小就预备进大学?"

"还有两年,"芝先答应出来,"其实只是一年半,因为我年假里便可以完,要是爹让我出洋,我春天就走都可以的,爹爹说是不是?"她望着她的爹。

"小鸟长大了翅膀,就想飞!"

"不,爹,那是大鸟把他们推出巢去学飞!"他们父子俩又交换了一个微笑。这次她爹轻轻的抚着她的手背,她把脸凑在她爹的肩边。

两个孩子在小桌子上切了一会〈儿〉西瓜,小孙顶着盘子走到芝前边屈下一膝,顽皮的笑着说:"这西夏进贡的瓜,请公主娘娘尝一块!"

她笑了起来,拈了一块又向她爹说:"爹看他们够多皮?"

"万岁爷,您的御口也尝一块!"

"沅,不先请客人,岂有此理!"少朗拿出父亲样子来。

"这位外邦的贵客,失敬了!"沅递了一块过来给维杉,又张罗着碟子。

维杉又觉着不自在 —— 不自然! 说老了他不算老,也实在不老。可是年轻? 他也不能算是年轻,尤其是遇着这群小伙子。真是没有办法! 他不知为什么觉得窘极了。

此后他们说些什么他不记得,他自己只是和少朗谈了一些小孩子在国外进大学的问题。他好像比较赞成国外大学,虽然他也提出了一大堆缺点和弊病。他嫌国内学生的生活太枯干,不健康,太窄,太老……

"自然,"他说,"成人以后看外国比较有尺寸,不过我们并不是送好些小学生出去,替国家做检查员的。我们只要我们的孩子得着我们自己给不了他们的东西。既然承认我们有给不了他们的一些东西，还不是〔如〕早些送他们出去自由的享用他们年轻人应得的权利——活泼的生活。奇怪，真的连这一点子我们常常都给不了他们，不要讲别的了。"

"我们"和"他们"！维杉好像在他们中间划出一条界线，分明的分成两组，把他自己分在前辈的一边。他羡慕有许多人只是一味的老神〔成〕，或是年轻，他虽然分了界线却仍觉得四不像——窘，对了，真窘！芝看着他，好像在吸收他的议论，他又不自在到万分，拿起帽子告诉少朗他一定得走了。"有一点事情要赶着做。"他又听到少朗说什么"真可惜；不然倒可以一同吃晚饭的"。他觉着自己好笑，嘴里却说："不行，少朗，我真的有事非走不可了。"一边慢慢的踱出院子来。两个孩子推着挽着芝跟了出来送客。到维杉迈上了洋车后他回头看大门口那三个活龙般年轻的孩子站在门槛上笑，尤其是她，略歪着头笑，露着那一排小牙。

又过了两三天的下午，维杉又到少朗那里闲聊，那时已经差不多七点多钟，太阳已经下去了好一会〈儿〉，只留下满天的斑斑的红霞。他刚到门口已经听到院子里的笑声。他跨进西院的月门，只看到小孙和芝在争着拉天篷。

"你没有劲〈儿〉，"小孙说，"我帮你的忙。"他将他的手罩在芝的上边，两人一同狠命的拉。听到维杉的声音，小孙放开手，芝也停住了绳子不拉，只是笑。

维杉一时感着一阵高兴，他望〔往〕前走了几步对芝说："来，让我也拉一下。"他刚到芝的旁边，忽然吱哑一声，雨一般的水点从他们头上喷洒下来，冰凉的水点骤浇到背上，吓了他们一跳。芝撒开手，天篷绳子从她手心溜了出去！原来小沅站在水缸边玩抽水机筒玩，第一下便射到他们的头上。这下子大家都笑，笑得利〔厉〕害。芝站着不住的摇她发上的水。维杉踌躇了一下，从袋里掏出他的大手绢轻轻的替她揩发上的水。她两颊绯红了却没有躲走，低着头尽看她擦破的掌心。维杉看到她肩上湿了一小片，晕红的肉色从湿的软白纱里透露出来，他停住手不敢也拿手绢擦；只问她的手怎样了，破了没有。她背过手去说："没有什么！"就溜的跑了。

少朗看他进了书房，放下他的烟斗站起来，他说维杉来得正好，他约了几个人吃晚饭。叔谦已经在屋内，还有老晋，维杉知道他们免不了要打牌的，他笑说："拿我来凑脚，我不来。"

"那倒用不着你，一会儿梦清和小刘都要来的，我们还多了人呢。"少朗得意的吃一口烟，叠起他的稿子。

"他只该和小孩子们耍去。"叔谦微微一笑，他刚才在窗口或者看到了他们拉天篷的情景。维杉不好意思了。可是又自觉得不好意思得毫无道理，他不是拿出老叔的牌子么？可是不相干，他还是不自在。

"少朗的大少爷皮着呢，浇了老叔一头的水！"他笑着告诉老晋。

"可不许你把人家的孩子带坏了。"老晋也带点取笑他的意思。

维杉恼了，恼什么他不知道，说不出所以然。他不高兴起来，他想走，他懊悔他来的，可是他又不能就走。他闷闷的坐下，那种说不出的窘又侵上心来。他接连抽了好几根烟，也不知都说了一些什么话。

晚饭时候孩子们和太太并没有加入，少朗的老派头。老晋和少朗的太太很熟，饭后同了维杉来到东院看她。她们已吃过饭，大家围住圆桌坐着玩。少朗太太虽然已经是中年的妇人，却是样子非常的年轻，又很清雅。她坐在孩子旁边倒像是姊弟。小孙在用肥皂刻一付〔副〕象棋——他爹是学过雕刻的——芝低着头用尺画棋盘的方格，一只手按住尺，支着细长的手指，右手整齐的用钢笔描。在低垂着的细发底下，维杉看到她抿紧的小嘴，和那微尖的下颏。

"杉叔别走，等我们做完了棋盘和棋子，同杉叔下一盘棋，好不好？"沉问他。"平下，谁也不让谁。"他更高兴着说。

"那倒好，我们辛苦做好了棋盘棋子，你请客！"芝一边说她的哥哥，一边又看一看小孙。

"所以他要学政治。"小孙笑着说。好利〔厉〕害的小嘴！维杉不觉看他一眼，小孙一头微鬈的黑发让手抓得蓬蓬的。两个伶俐的眼珠老带些顽皮的笑。瘦削的脸却很健硕白皙。他的两只手真有性格，并且是意外的灵动，维杉就喜欢观察人家的手。他看小孙的〈手〉抓紧了一把小刀，敏捷的在刻他的棋子，旁边放着两碟颜色，每刻完了一个棋子，他在字上从容的描入绿色或是红色。维杉觉着他很可爱，便放一只手在他肩上说："真是一个小美术家！"

刚说完，维杉看见芝在对面很高兴的微微一笑。

少朗太太问老晋家里的孩子怎样了，又殷勤的搬出果子来大家吃。她说她本来早要去看晋嫂的，只是暑假中孩子们在家她走不开。

"你看，"她指着小孩子们说，"这一大桌子，我整天的忙着替他们当差。"

"好，我们帮忙的倒不算了。"芝抬起头来笑，又露着那排小牙。"晋叔，今天你们吃的饺子还是孙家篁哥帮着包的呢！"

"是么？"老晋看一看她，又看了小孙，"怪不得，我说那味道怪顽皮的！"

"那红烧鸡里的酱油还是'公主娘'御手亲自下的呢。"小孙嚷着说。

"是么？"老晋看一看维杉，"怪不得你杉叔跪接着那块鸡，差点没有磕头！"

维杉又有点不痛快，也不是真恼，也不是急，只是觉得窘极了。"你这晋叔的学位，"他说，"就是这张嘴换来的。听说他和晋婶婶结婚的那一天演说了五个钟头，等到新娘子和傧相站在台上委实站不直了，他才对客人一鞠躬说：'今天只有这几句极简单的话来谢谢大家来宾的好意！'"

小孩们和少朗太太全听笑了，少朗太太说："够了，够了，这些孩子还不够皮的，您〔你〕们两位还要教他们？"

芝笑得仰不起头来，小孙瞟她一眼，哼一声说："这才叫做女孩子。"她脸胀〔涨〕红了瞪着小孙看。

棋盘，棋子全画好了。老晋要回去打牌，孩子们拉着维杉不放，他只得留下，老晋笑了出去。维杉只装没有看见。小孙和芝站起来到门边脸盆里争着洗手，维杉听到芝说：

"好痛，刚才绳子擦破了手心。"

小孙说："你别用胰子就好了。来，我看看。"他拿着她的手仔细看了半天。他们两人拉着一块手巾一同擦手，又吃吃咕咕的说笑。

维杉觉得无心下棋，却不得不下。他们三个人战他一个。起先他懒洋洋的没有注意，过一刻他真有些应接不暇了。不知为什么他却觉着他不该输的，他不愿意输！说起真好笑，可是他的确感着要占胜，孩子不孩子他不管！芝的眼睛镇住看他的棋，好像和弱者表同情似的，他真急了。他野蛮起来了，他居然进攻对方的弱点了，他调用他很有点神气的马了，他走卒了，棋势紧张起来，两边将帅都不能安居在当中了。孩子们的车守住他大帅的脑门顶上，吃力的当然是维杉的棋！没有办法。三个活龙似的孩子，六个玲珑的眼睛，维杉又有什么法子！他输了输了，不过大帅还真死得英雄，对方的危势也只差一两子便要命的！但是事实上他仍然是输了。下完了以后,他觉得热,出了些汗,他又拿出手绢来刚要揩他的脑门,忽然他呆呆的看着芝的细松的头发。

"还不快给杉叔倒茶。"少朗太太喊她的女儿。

芝转身到茶桌上倒了一杯,两只手捧着,端过来。维杉不知为什么又觉得窘极了。

孩子们约他清早里逛北海,目的当然是摇船。他去了,虽然好几次他想设法推辞不去的。他穿他的白嘀哒裤子葛布上衣,拿了他草帽微觉得可笑,他近来永远的觉得自己好笑,这种横生的幽默,他自己也不了解的。他一径走到北海的门口还想着要回头的。站岗的巡警向他看了一眼,奇怪,有时你走路时忽然望到巡警的冷静的眼光,真会使你怔一下,你要自问你都做了些什么事,准知道没有一件是违法的么? 他买到票走进去,猛抬头看到那桥前的牌楼。牌楼,白石桥,垂柳,都在注视他。—— 他不痛快极了,挺起腰来健步到旁边小路上,表示不耐烦。不耐烦的脸本来与他最相宜的,他一失掉了"不耐烦"的神情,他便好像丢掉了好朋友,心里便不自在。懂得吧? 他绕到后边,隔岸看一看白塔,它是自在得很,永远带些不耐烦的脸站着,—— 还是坐着? —— 它不懂得什么年轻,老。这一些无聊的日月,它只是站着不动,脚底下自有湖水,亭榭,松柏,杨柳,人,—— 老的小的 —— 忙着他们更换的纠纷!

他奇怪他自己为什么到北海来,不,他也不是懊悔,清早里松荫底下发着凉香,谁懊悔到这里来? 他感着像青草般在接受露水的滋润,他居然感着舒快。奢侈的金黄色的太阳横着射过他的辉焰,湖水像锦,莲花莲叶并着肩挨挤成一片,像在争着朝觐这早上的云天! 这富足,这绮丽的天然,谁敢不耐烦? 维杉到五龙亭边坐下掏出他的烟卷,低着头想要仔细的,细想一些事,去年的,或许前年的,好多年的事,——今早他又像回到许多年前去——可是他总想不出一个所以然来。"本来是,又何必想?要活着就别想!这又是谁说过的话……"

忽然他看到芝一个人向他这边走来。她穿着葱绿的衣裳,裙子很短,随着她跳跃的脚步飘动,手里玩着一把未开的小纸伞。头发在阳光里,微带些红铜色,那倒是很特别的。她看到维杉笑了一笑,轻轻的跑了几步凑上来,喘着说:"他们拿船去了。可是一个不够,我们还要雇一只。"维杉丢下烟,不知不觉得拉着她的手说:

"好,我们去雇一只,找他们去。"

她笑着让他拉着她的手。他们一起走了一些路,才找着租船的人。维杉看她赤着两只健秀的腿,只穿一双统子极短的袜子,和一双白布的运动鞋;微红的肉色和葱绿的衣裳叫他想起他心爱的一张新派作家的画。他想他可惜不会画,不然,他一定知道怎样的画她。——微红的头发,小尖下颏,绿的衣服,红色的腿,两只手,他知道,一定知道怎样的配置。他想象到这张画挂在展览会里,他想象到这张画登在月报上,他笑了。

她走路好像是有弹性的奔腾。龙,小龙!她走得极快,他几乎要追着她。他们雇好船跳下去,船人一竹篙把船撑离了岸,他脱下衣裳卷起衫袖,他好高兴!她说她要先摇,他不肯,他点上烟含在嘴里叫她坐在对面。她忽然又腼腆起来,低着头装着看莲花半晌没有说话。他的心像被蜂螫了一下,又觉得一阵窘,懊悔他出来。他想说话,却找不出一句话说,他尽摇着船也不知过了多少时候她才抬起头来问他说:

"杉叔,美国到底好不好?"

"那得看你自己。"他觉得他自己的声音粗暴,他后悔他这样尖刻的回答她诚恳的问话。他更窘了。

她并没有不高兴，她说："我总想出去了再说。反正不喜欢我就走。"

这一句话本来很平淡，维杉却觉得这孩子爽快得可爱，他夸她说：

"好孩子，这样有决断才好。对了，别错认学位做学问就好了，你预备学什么呢？"

她脸红了半天说："我还没有决定呢……爹要我先进普通文科再说……我本来是要想学……"她不敢说下去。

"你要学什么坏本领，值得这么胆怯！"

她的脸更红了，同时也大笑起来，在水面上听到女孩子的笑声，真有说不出的滋味，维杉对着她看，心里又好像高兴起来。

"不能宣布么？"他又逗着追问。

"我想，我想学美术——画……我知道学画不该到美国去的，并且……你还得有天才，不过……"

"你用不着学美术的，更不必学画。"维杉禁不住这样说笑。

"为什么？"她眼睛睁得很大。

"因为，"维杉这回觉得有点不好意思了，他低声说，"因为你的本身便是美术，你此刻便是一张画。"他不好意思极了，为什么人不能够对着太年轻的女孩子说这种恭维的话？你一说出口，便要感着你自己的蠢，你一定要后悔的。她此刻的眼睛看着维杉，叫他又感着窘到极点了。她的嘴角微微的斜上去，不是笑，好像是鄙薄他这种的恭维她。——没法子，话已经说出来了，你还能收回去？！窘，谁叫他自己找事！

两个孩子已经将船拢来，到他们一处，高兴的嚷着要赛船。小孙立在船上，高高的细长身子穿着白色的衣裳在荷叶丛前边格外明显。他两只手叉在脑后，眼睛看着天，嘴里吹唱一些调子。他又伸只手到叶丛里摘下一朵荷花。

"接，快接！"他轻轻掷到芝的面前，"怎么了，大清早里睡着了？"

她只是看着小孙笑。

"怎样，你要在那一边，快拣定了，我们便要赛船了。"维杉很老实的问芝，她没有回答。她哥哥替她决定了，说，"别换了，就这样吧。"

赛船开始了，荷叶太密，有时两个船几乎碰上，在这种时候芝便笑得高兴极了。维杉摇船是老手，可是北海的水有地方很浅，有时不容易发展，可是他不愿意再在孩子们面前丢丑，他决定要胜过他们，所以他很加小心和力量。芝看到后面船渐渐要赶上时她便催他赶快，他也愈努力了。

太阳积渐热起来，维杉们的船已经比沅的远了很多，他们承认输了，预备回去，芝说杉叔一定乏了，该让她摇回去，他答应了她。

他将船板取开躺在船底，仰着看天。芝将她的伞借他遮着太阳，自己把荷叶包在头上摇船。维杉躺着看云，看荷花梗，看水，看岸上的亭子，把一只手丢在水里让柔润的水浪洗着。他让芝慢慢的摇他回去，有时候他张开眼看她，有时候他简直闭上眼睛，他不知道他是快活还是苦痛。

少朗的孩子是老实人，浑厚得很却不笨，听说在学校里功课是极好的。走出北海时，他跟维杉一排走路，和他说了好些话。他说他愿意在大学里毕业了才出去进研究院的。他说，可是他爹想后年送妹妹出去进大学；那样子他要是同走，大学里还差一年，很可惜；如果不走，妹妹又不肯白白的等他一年。当然他说小孙比他先一年完，正好可以和妹妹同走。不过他们三个老是在一起惯了，如果他们两人走了，他一个人留在国内一定要感着闷极了。

他说,"炒鸡子"这事简直是"糟糕一麻丝"。

他又讲小孙怎样的聪明,运动也好,撑杆〔竿〕跳的式样"简直是太好",还有游水他也好。"不用说,他简直什么都干!"他又说小孙本来在足球队里的,可是这次和天津比赛时,他不肯练。"你猜为什么?"他向维杉,"都是因为学校盖个喷水〈池〉,他整天守着石工看他们刻鱼!"

"他预备也学雕刻么? 他爹我认得,从前也学过雕刻的。"维杉问他。

"那我不知道,小孙的文学好,他写了许多很好的诗,——爹爹也说很好的。"沅加上这一句证明小孙的诗的好是可靠的。"不过,他乱得很,稿子不是撕了便是丢了的。"他又说他怎样有时替他检〔捡〕起抄了寄给《校刊》。总而言之沅是小孙的"英雄崇拜者"。

沅说到他的妹妹,他说他妹妹很聪明,她不像寻常的女孩那么"讨厌",这里他脸红了,他说,"别扭得讨厌,杉叔知道吧?"他又说他班上有两个女学生,对于这个他表示非常的不高兴。

维杉听到这一大篇谈话,知道简单点讲,他维杉自己,和他们中间至少有一道沟——并不是什么了不得的间隔——只是一个年龄的深沟,桥是搭得过去的,不过深沟仍然是深沟,你搭多少条桥,沟是仍然不会消灭的。他问沅几岁,沅说"整整的快十九了",他妹妹虽然是十七,"其实只满十六年"。维杉不知为什么又感着一阵不舒服,他回头看小孙和芝并肩走着,高兴的说笑。"十六,十七。"维杉嘴里哼哼着。究竟说三十四不算什么老,可是那就已经是十七的一倍了。谁又愿意比人家岁数大出一倍,老实说!

维杉到家时并不想吃饭,只是连抽了几根烟。

过了一星期，维杉到少朗家里来。门房里陈升走出来说："老爷到对过张家借打电话去，过会子才能回来。家里电话坏了两天，电话局还不派人来修理。"陈升是个打电话专家，有多少曲折的传话，经过他的嘴，就能一字不漏的溜进电话筒。那也是一种艺术。他的方法听着很简单，运用起来的玄妙你就想不到。那一次维杉走到少朗家里不听到陈升在过厅里向着电话："喂，喂，呸，我说，我说呀！"维杉向陈升一笑，他真不能替陈升想象到没有电话时的烦闷。

"好，陈升，我自己到书房里等他，不用你了。"维杉一个人踱过那静悄悄的西院，金鱼缸，莲花，石榴，他爱这院子，还有隔墙的枣树，海棠。他掀开竹帘走进书房。迎着他眼的是一排丰满的书架，壁上挂的朱拓的黄批，和屋子当中的一大盆白玉兰，幽香充满了整间屋子。维杉很羡慕少朗的生活。夏天里，你走进一个搭着天篷的一个清凉大院子，静雅的三间又大又宽的北屋，屋里满是琳琅的书籍，几件难得的古董，再加上两三盆珍罕的好花，你就不能不艳羡那主人的清福！

维杉走到套间小书斋里，想写两封信，他忽然看到芝一个人伏在书桌上。他奇怪极了，轻轻的走上前去。

"怎么了？不舒服么，还是睡着了？"

"吓我一跳！我以为是哥哥回来了……"芝不好意思极了。维杉看到她哭红了的眼睛。

维杉起先不敢问，心里感得不过意，后来他伸一只手轻抚着她的头说："好孩子，怎么了？"

她的眼泪更扑簌簌的掉到裙子上，她拈了一块 —— 真是不到四寸见方 —— 淡黄的手绢拼命的擦眼睛。维杉想，她叫你想到方成熟的桃或是杏，绯红的，饱饱的一颗天真，听人想摘下来赏玩，却不敢真真的拿来吃。维杉不觉得没了主意。他逗她说：

"准是嬷打了!"

她拿手绢蒙着脸偷偷的笑了。

"怎么又笑了? 准是你打了嬷了!"

这回她伏在桌上索性吃吃〔嗤嗤〕的笑起来。维杉糊涂了。他想把她的小肩膀搂住,吻她的粉嫩的脖颈,但他又不敢。他站着发了一会〈儿〉呆。他看到椅子上放着她的小纸伞,他走过去坐下开着小伞说玩。

她仰起身来,又擦了半天眼睛,才红着脸过来拿她的伞,他不给。

"刚从那里回来,芝?"他问她。

"车站。"

"谁走了?"

"一个同学,她是我最好的朋友,可是她……她明年不回来了!"她好像仍是很伤心。

他看着她没有说话。

"杉叔,您可以不可以给她写两封介绍信,她就快到美国去了。"

"到美国那一个城?"

"反正要先到纽约的。"

"她也同你这么大么?"

"还大两岁多。……杉叔您一定得替我写,她真是好,她是我最好的朋友了。……杉叔,您不是有许多朋友吗,你一定得写。"

"好,我一定写。"

"爹说杉叔有许多……许多女朋友。"

"你爹这样说了么?"维杉不知为什么很生气。他问了芝她朋友的名字,他说他明天替她写那介绍信。他拿出烟来很不高兴的抽。这回芝拿到她的伞却又不走。她坐下在他脚边一张小凳上。

"杉叔，我要走了的时候您也替我介绍几个人。"

他看着芝倒翻上来的眼睛，他笑了，但是他又接着叹了一口气。

他说："还早着呢，等你真要走的时候，你再提醒我一声。"

"可是，杉叔，我不是说女朋友，我的意思是：也许杉叔认得几个真正的美术家或是文学家。"她又拿着手绢玩了一会〈儿〉低着头说："篁哥，孙家的篁哥，他亦要去的，真的，杉叔，他很有点天才。可是他想不定学什么。他爹爹说他岁数太小，不让他到巴黎学雕刻，要他先到哈佛学文学，所以我们也许可以一同走……我亦劝哥哥同去，他可舍不得这里的大学。"这里她话愈说得快了，她差不多喘不过气来，"我们自然不单到美国，我们以后一定转到欧洲，法国，意大利，对了，篁哥连做梦都是做到意大利去，还有英国……"

维杉心里说："对了，出去，出去，将来，将来，年轻！荒唐的年轻！他们只想出去飞！飞！叫你怎不觉得自己落伍，老，无聊，无聊！"他说不出的难过，说老，他还没有老，但是年轻？！他看着烟卷没有话说，芝看着他不说话也不敢再开口。

"好，明年去时再提醒我一声，不，还是后年吧？……那时我〈也〉许已经不在这里了。"

"杉叔，到那里去？"

"没有一定的方向，也许过几年到法国来看你……那时也许你已经嫁了……"

芝急了，她说："没有的话，早着呢！"

维杉忽然做了一件很古怪的事，他俯下身去吻了芝的头发。他又伸过手拉着芝的小手。

少朗推帘子进来，他们两人站起来，赶快走到外间来。芝手里还拿着那把纸伞。少朗起先没有说话，过一会〈儿〉，他皱了一皱他那有文章的眉头问说:"你什么时候来的?"

"刚来。"维杉这样从容的回答他,心里却觉着非常之窘。

"别忘了介绍信,杉叔。"芝叮咛了一句又走了。

"什么介绍信?"少朗问。

"她要我替她同学写几封介绍信。"

"你还在和碧谛通信么? 还有雷茵娜?"少朗仍是皱着眉头。

"很少……"维杉又觉得窘到极点了。

星期三那天下午到天津的晚车里,旭窗遇到维杉在头等房间里靠着抽烟,问他到那里去,维杉说回南。旭窗叫脚行将自己的皮包也放在这间房子里说:

"大暑天,怎么倒不在北京?"

"我在北京,"维杉说,"感得! 感得窘极了。"他看一看他拿出来拭汗的手绢,"窘极了!"

"窘极了?"旭窗此时看到卖报的过来,他问他要《大公报》看,便也没有再问下去维杉为什么在北京感着"窘极了"。

香山　六月

初刊于一九三四年五月《学文》第一卷第一期，署名林徽音。

九十九度中

三个人肩上各挑着黄色，有"美丰楼"字号大圆篓的，用着六个满是泥泞凝结的布鞋，走完一条被太阳晒得滚烫的马路之后，转弯进了一个胡同里去。

"劳驾，借光——三十四号甲在那一头？"在酸梅汤的摊子前面，让过一辆正在飞奔的家车——钢丝轮子亮得晃眼的——又向蹲在墙角影子底下的老头儿，问清了张宅方向后，这三个流汗的挑夫便又努力的往前走。那六只泥泞布履的脚，无条件的，继续着他们机械式的展动。

在那轻快的一瞥中，坐在洋车上的卢二爷看到黄篓上饭庄的字号，完全明白里面装的是丰盛的筵席，自然的，他估计到他自己午饭的问题。家里饭乏味，菜蔬缺乏个性，太太的脸难看，你简直就不能对她提到那厨子问题。这几天天太热，太热，并且今天已经二十二，什么事她都能够牵扯到薪水问题上，孩子们再一吵，谁能够在家里吃中饭！

"美丰楼饭庄"，黄篓上黑字写得很笨大，方才第三个挑夫挑得特别吃劲，摇摇摆摆的使那黄篓左右的晃……

美丰楼的菜不能算坏，义永居的汤面实在也不错……于是义永居的汤面？还是市场万花斋的点心？东城或西城？找谁同去聊天？逸九新从南边来的住在那里？或许老孟知道，何不到和记理发馆借个电话？卢二爷估计着，犹豫着，随着洋车的起落。他又好像已经决定了在和记借电话，听到伙计们的招呼："……二爷您好早？……用电话，这边您哪！……"

伸出手臂，他睨一眼金表上所指示的时间，细小的两针分停在两个钟点上，但是分明的都在挣扎着到达十二点上边。在这时间中，车夫感觉到主人在车上翻动不安，便更抓稳了车把，弯下一点背，勇猛的狂跑。二爷心里仍然疑问着面或点心；东城或西城；车已赶过前面的几辆。一个女人骑着自行车，由他左侧冲过去，快镜似的一瞥鲜艳的颜色，脚与腿，腰与背，侧脸、眼和头发，全映进老卢的眼里，那又是谁说过的……老卢就是爱看女人！女人谁又不爱？难道你在街上真闭上眼不瞧那过路的漂亮的！

"到市场，快点。"老卢吩咐他车夫奔驰的终点，于是主人和车夫戴着两顶价格极不相同的草帽，便同在一个太阳底下，向东安市场奔去。

很多好看的碟子和鲜果点心，全都在大厨房院里，从黄色层篓中检点出来。立着监视的有饭庄的"二掌柜"和张宅的"大师傅"；两人都因为胖的缘故，手里都有把大蒲扇。大师傅举着扇，扑一下进来凑热闹的大黄狗。

"这东西最讨嫌不过！"这句话大师傅一半拿来骂狗，一半也是来权作和掌柜的寒暄。

"可不是？他×的，这东西真可恶。"二掌柜好脾气的用粗话也骂起狗。

狗无聊的转过头到垃圾堆边闻嗅隔夜的肉骨。

奶妈抱着孙少爷进来，七少奶每月用六元现洋雇她，抱孙少爷到厨房，门房，大门口，街上一些地方喂奶连游玩的。今天的厨房又是这样的不同；饭庄的"头把刀"带着几个伙计在灶边手忙脚乱的抄〔炒〕菜切肉丝，奶妈觉得孙少爷是更不能不来看：果然看到了生人，看到狗，看到厨房桌上全是好看的干果，鲜果，糕饼，点心，孙少爷格外高兴，在奶妈怀里跳，手指着要吃。奶妈随手赶开了几只苍蝇，拣一块山楂糕放到孩子口里，一面和伙计们打招呼。

忽然看到陈升走到院子里找赵奶奶，奶妈对他挤了挤眼，含笑的问，"什么事值得这么忙？"同时她打开衣襟露出前胸喂孩子奶吃。

"外边挑担子的要酒钱。"陈升没有平时的温和，或许是太忙了的缘故。老太太这次做寿，比上个月四少奶小孙少爷的满月酒的确忙多了。

此刻那三个粗蠢的挑夫蹲在外院槐树荫下，用黯黑的毛巾擦他们的脑袋，等候着他们这满身淋汗的代价。一个探首到里院偷偷看院内华丽的景象。

里院和厨房所呈的纷乱固然完全不同，但是它们纷乱的主要原因则是同样的，为着六十九年前的今天。六十九年前的今天，江南一个富家里又添了一个绸缎金银裹托着的小生命。经过六十九个像今年这样流汗天气的夏天，又产生过另十一个同样需要绸缎金银的生命以后，那个生命乃被称为长寿而又有福气的妇人。这个妇人，今早由两个老妈扶着，坐在床前，拢一下斑白稀疏的鬓发，对着半碗火腿稀饭摇头：

"赵妈，我那里吃得下这许多？你把锅里的拿去给七少奶的云乖乖吃罢……"

七十年的穿插，已经卷在历史的章页里，在今天的院里能呈露出多少，谁也不敢说。事实是今天，将有很多打扮得极体面的男女来庆祝，庆祝能够维持这样长久寿命的女人，并且为这一庆祝，饭庄里已将许多生物的寿命裁削了，拿它们的肌肉来补充这庆祝者的肠胃。

前两天这院子就为了这事改变了模样，簇新的喜棚支出瓦檐丈余尺高。两旁红喜字玻璃方窗，由胡同的东头，和顺车厂的院里是可以看得很清楚的。前晚上六点左右，小三和环子，两个洋车夫的儿子，倒土筐的时候看到了，就告诉他们嬷，"张家喜棚都搭好了，是那一个孙少爷娶新娘子？"他们嬷为这事，还拿了鞋样到陈大嫂家说个话儿，正看到她在包饺子，笑嘻嘻的得意得很，说老太太做整寿，——多好福气——她当家的跟了张老太爷多少年。昨天张家三少奶还叫她进去，说到日子要她去帮个忙儿。

喜棚底下圆桌面就有七八张，方凳更是成叠的堆在一边；几个夫役持着鸡毛帚，忙了半早上才排好五桌。小孩子又多，什么孙少爷，侄孙少爷，姑太太们带来的那几位都够淘气的。李贵这边排好几张，那边少爷们又扯走了排火车玩。天热得利〔厉〕害，苍蝇是免不了多，点心干果都不敢先往桌子上摆。冰化得也快，篓子底下冰水化了满地！汽水瓶子挤满了厢房的廊上，五少奶看见了只嚷不行，全要冰起来。

全要冰起来！真是的，今天的食品全摆起来够像个菜市，四个冰箱也腾不出一点空隙。这新买来的冰又放在那里好？李贵手里捧着两个绿瓦盆，私下里咕噜着为这筵席所发生的难题。

赵妈走到外院传话，听到陈升很不高兴的在问三个挑夫要多少酒钱。

"瞅着给罢。"一个说。

"怪热天多赏点吧。"又一个抿了抿干燥的口唇，想到方才胡同口的酸梅汤摊子，嘴里觉着渴。

就是这嘴里渴得难受，杨三把卢二爷拉到东安市场西门口，心想方才在那个"喜什么堂"门首，明明看到王康坐在洋车脚蹬上睡午觉。王康上月底欠了杨三十四吊钱，到现在仍不肯还；只顾着躲他。今天债主遇到赊债的赌鬼，心头起了各种的计算——杨三到饿的时候，脾气常常要比平时坏一点。天本来就太热，太阳简直是冒火，谁又受得了！方才二爷坐在车上，尽管用劲踩铃，金鱼胡同走道的学生们又多，你撞我闯的，挤得真可以的。杨三擦了汗一手抓住车把，拉了空车转回头去找王康要账。

"要不着八吊要六吊；再要不着，要他×的几个混蛋嘴巴！"杨三脖干儿上太阳烫得像火烧，"四吊多钱我买点羊肉，吃一顿好的。葱花烙饼也不坏——谁又说大热天不能喝酒？喝点又怕什么——睡得更香。卢二爷到市场吃饭，进去少不了好几个钟头……"

喜燕堂门口挂着彩，几个乐队里人穿着红色制服，坐在门口喝茶——他们把大铜鼓撂在一旁，铜喇叭夹在两膝中间。杨三知道这又是那一家办喜事。反正一礼拜短不了有两天好日子，就在这喜燕堂，那一个礼拜没有一辆花马车，里面搀出花溜溜的新娘？今天的花车还停在一旁……

"王康，可不是他！"杨三看到王康在小挑子的担里买香瓜吃。

"有钱的娶媳妇，和咱们没有钱的娶媳妇，还不是一样？花多少钱娶了她，她也短不了要这个那个的——这年头！好媳妇，好！你瞧怎么着？更惹不起！管你要钱，气你喝酒！再有了孩子，又得顾他们吃，顾他们穿。……"

王康说话就是要"逗个乐儿"，人家不敢说的话他敢说。一群车夫听到他的话，各各高兴的凑点尾声。李荣手里捧着大饼，用着他最现成的粗话引着那几个年轻的笑。李荣从前是拉过家车的——可惜东家回南，把事情就搁下来了——他认得字，会看报，他会用新名词来发议论，"文明结婚可不同了，这年头是最讲'自由''平等'的了。"底下再引用了小报上检〔捡〕来离婚的新闻打哈哈。

杨三没有娶过媳妇，他想娶，可是"老家儿"早过去了，没有给他定下亲，外面瞎姘的他没敢要。前两天，棚铺的掌柜娘要同他做媒；提起了一个姑娘说是什么都不错，这几天不知道怎么又没有讯儿了。今天洋车夫们说笑的话，杨三听了感着不痛快。看看王康的脸在太阳里笑得皱成一团，更使他气起来。

王康仍然笑着说话，没有看到杨三，手里咬剩的半个香瓜里面，黄黄的一把瓜子像不整齐的牙齿向着上面。

"老康！这些日子都到那里去了？我这儿还等着钱吃饭呢！"杨三乘着一股劲发作。

听到声，王康怔了向后看，"呵，这打那儿说得呢？"他开始赖账了，"你要吃饭，你打你×的自己腰包里掏！要不然，你出个份子，进去那里边，"他手指着喜燕堂，"吃个现成的席去。"王康的嘴说得滑了，禁不住这样嘲笑着杨三。

周围的人也都跟着笑起来。

本来准备着对付赖账的巴掌，立刻打到王康的老脸上了。必须的扭打，由蓝布幕的小摊边开始，一直扩张到停洋车的地方。来往汽车的喇叭，像被打的狗，呜呜叫号。好几辆正在街心奔驰的洋车都停住了，流汗车夫连喊着："靠里！""瞧车！"脾气暴的人顺口就是："他×的，这大热天，单挑这么个地方！！"

巡警离开了岗位；小孩子们围上来；喝茶的军乐队人员全站起来看；女人们吓得直喊："了不得，前面出事了罢！"

杨三提高嗓子直嚷着问王康："十四吊钱，是你——是你拿走了不是？——"

呼喊的声浪由扭打的两人出发，膨胀，膨胀到周围各种人的口里："你听我说……""把他们拉开……""这样挡着路……瞧腿要紧。"嘈杂声中还有人叉着手远远的喊："打得好呀，好拳头！"

喜燕堂正厅里挂着金喜字红幛，几对喜联，新娘正在服从号令，连连的深深的鞠躬。外边的喧吵使周围客人的头同时向外面转，似乎打听外面喧吵的原故。新娘本来就是一阵阵的心跳，此刻更加失掉了均衡；一下子撞上，一下子沉下，手里抱着的鲜花随着只是打颤。雷响深入她耳朵里，心房里……

"新郎新妇——三鞠躬"——"……三鞠躬。"阿淑在迷惘里弯腰伸直，伸直弯腰。昨晚上她哭，她妈也哭，将一串经验上得来的教训，拿出来赠给她——什么对老人要忍耐点，对小的要和气，什么事都要让着点——好像生活就是靠容忍和让步支持着！

她焦心的不是在公婆妯娌间的委曲求全。这几年对婚姻问题谁都讨论得热闹，她就不懂那些讨论的道理遇到实际时怎么就不发生关系。她这结婚的实际，并没有因为她多留心报纸上，新文学上，所讨论的婚姻问题，家庭问题，恋爱问题，而减少了问题。

"二十五岁了……"有人问到阿淑的岁数时，她妈总是发愁似的轻轻的回答那问她的人，底下说不清是叹息是啰嗦。

在这旧式家庭里，阿淑算是已经超出应该结婚的年龄很多了，她知道。父母那急着要她出嫁的神情使她太难堪！他们天天在替她选择合适的人家——其实那里是选择！反对她尽管反对，那只是消极的无奈何的抵抗，她自己明知道是绝对没有机会选择，乃至于接触比较合适，理想的人物！她挣扎了三年，三年的时间不算短，在她父亲看去那更是不可信的长久……

"余家又托人来提了，你和阿淑商量商量吧，我这身体眼见得更糟，这潮湿天……"父亲的话常常说得很响，故意要她听得见。有时在饭桌上脾气或许更坏一点，"这六十块钱，养活这一大家子！养儿养女都不够，还要捐什么钱？干脆饿死！"有时更直接更难堪，"这又是谁的新褂子？阿淑，你别学时髦穿了到处走，那是找不着婆婆家的——外面瞎认识什么朋友我可不答应,我们不是那种人家!"……懦弱的母亲低着头装作缝衣,"妈劝你将就点……爹身体近来不好,……女儿不能在娘家一辈子的……这家子不算坏;差事不错,前妻没有孩子不能算填房。……"

理论和实际似乎永不发生关系;理论说婚姻得怎样又怎样,今天阿淑都记不得那许多了。实际呢,只要她点一次头,让一个陌生的,异姓的,异性的人坐在她家里,乃至于她旁边,吃一顿饭的手续,父亲和母亲这两三年——竟许已是五六年——来的难题便突然的,在他们是觉得极文明的解决了。

对于阿淑这订婚的疑惧,常使她父亲像小孩子似的自己安慰自己:阿淑这门亲事真是运气呀,说时总希望阿淑听见这话。不知怎样,阿淑听到这话总很可怜父亲,想装出高兴样子来安慰他。母亲更可怜;自从阿淑定〔订〕婚以来总似乎对她抱歉,常常哑着嗓子说:"看我做母亲的这份心上面。"

看做母亲的那份心上面!那天她初次见到那陌生的,异姓的,异性的人,那个庸俗的典型触碎她那一点脆弱的爱美的希望,她怔住了。能去寻死,为婚姻失望而自杀么?可以大胆告诉父亲,这婚约是不可能的么?能逃脱这家庭的苛刑(在爱的招牌下的)去冒险,去漂落么?

她没有勇气说什么,她哭了一会〈儿〉,妈也流了眼泪,后来妈说:"阿淑你这几天瘦了,别哭了,做娘的也只是一份心。……"现在一鞠躬,一鞠躬的和幸福作别,事情已经太晚得没有办法了。

吵闹的声浪愈加明显了一阵,伴娘为新娘戴上戒指,又由赞礼的喊了一些命令。

迷离中阿淑开始幻想那外面吵闹的原因:洋车夫打电车吧,汽车轧伤了人吧,学生又请愿,当局派军警弹压吧……但是阿淑想怎么我还如是焦急,现在我该像死人一样了,生活的波澜该沾不上我了，像已经临刑的人。但临刑也好，被迫结婚也好，在电影里到了这种无可奈何的时候总有一个意料不到快慰人心的解脱，不合法，特赦，恋人骑着马星夜奔波的赶到……但谁是她的恋人？除却九哥！学政治法律，讲究新思想的九哥，得着他表妹阿淑结婚的消息不知怎样？他恨由父母把持的婚姻……但准知道他关心么？他们多少年不来往了，虽然在山东住的时候，他们曾经邻居，两小无猜的整天在一起玩。幻想是不中用的，九哥先就不在北平，两年前他回来过一次，她记得自己遇到九哥扶着一位漂亮的女同学在书店前边，她躲过了九哥的视线，惭愧自己一身不入时的装束，她不愿和九哥的女友作个太难堪的比较。

感到手酸，心酸，浑身打战〔颤〕，阿淑由一堆人拥簇着退到里面房间休息。女客们在新娘前后彼此寒暄照〔招〕呼，彼此注意大家的装扮。有几个很不客气在批评新娘子，显然认为不满意。"新娘太单薄点。"一个摺〔折〕着十几层下颔的胖女人，摇着扇和旁边的六姨说话。阿淑觉到她自己真可以立刻碰得粉碎；这位胖太太像一座石臼，六姨则像一根铁杵横在前面，阿淑两手发抖拉紧了一块丝巾，听老妈在她头上不住的搬弄那几朵绒花。

随着花露水香味进屋子来的，是锡娇和丽丽，六姨的两个女儿，她们的装扮已经招了许多羡慕的眼光。有电影明星细眉的锡娇抓把瓜子嗑着，猩红的嘴唇里露出雪白的牙齿。她暗中扯了她妹妹的衣襟，嘴向一个客人的侧面努了一下。丽丽立刻笑红了脸，拿出一条丝绸手绢蒙住嘴挤出人堆到廊上走，望着已经在席上的男客们。有几个已经提起筷子高高兴兴的在选择肥美的鸡肉，一面讲着笑话，顿时都为着丽丽的笑声，转过脸来，镇住眼看她。丽丽扭一下腰，又摆了一下，软的长衫轻轻展开，露出裹着肉色丝袜的长腿走过又〔另〕一边去。

年轻的茶房穿着蓝布大褂，肩搭一块桌布，由厨房里出来，两只手拿四碟冷荤,几乎撞住丽丽。闻到花露香味,茶房忘却顾忌的斜过眼看。昨晚他上菜的时候,那唱戏的云娟坐在首席曾对着他笑,两只水钻耳坠,打秋千似的左右晃。他最忘不了云娟旁座的张四爷,抓住她如玉的手臂劝干杯的情形。笑眯眯的带醉的眼,云娟明明是向着正端着大碗三鲜汤的他笑。他记得放平了大碗,心还怦怦的跳。直到晚上他睡不着,躺在院里板凳上乘凉,随口唱几声"孤王……酒醉……"才算松动了些。今天又是这么一个笑嘻嘻的小姐,穿着这一身软,茶房垂下头去拿酒壶,心底似乎恨谁是〔似〕的一股气。

"逸九,你喝一杯什么?"老卢做东这样问。

"我来一杯香桃冰其凌吧。"

"你去拣几块好点心,老孟。"主人又照〔招〕呼那一个客。午饭问题算是如此解决了。为着天热,又为着起得太晚,老卢看到点心铺前面挂的"卫生冰其凌,咖啡,牛乳,各样点心"这种动人的招牌,便决意里面去消磨时光。约到逸九和老孟来聊天,老卢显然很满意了。

三个人之中,逸九最年少,最摩登。在中学时代就是一口英文,屋子里挂着不是"梨娜"就是"琴妮"的相片,从电影杂志里细心剪下来的,圆一张,方一张,满壁动人的娇憨。——他到上海去了两年,跳舞更是出色了,老卢端详着自己的脚,打算找逸九带他到舞场拜老师去。

"那个电影好,今天下午?"老孟抓一张报纸看。

邻座上两个情人模样男女,对面坐着呆看。男人有很温和的脸,抽着烟没有说话;女人的侧相则颇有动人的轮廓,睫毛长长的活动着,脸上时时浮微笑。她的青纱长衫罩着丰润的肩臂,带着神秘性的淡雅。两人无声的吃着冰其凌,似乎对于一切完全的满足。

老卢、老孟谈着时局，老卢既是机关人员，时常免不了说"我又有个特别的消息，这样看来里面还有原因"，于是一层一层的作更详细原因的检讨，深深的浸入政治波澜里面。

　　逸九看着女人的睫毛，和浮起的笑涡，想到好几年前同在假山后捉迷藏的琼两条发辫，一个垂前，一个垂后的跳跃。琼已经死了这六七年，谁也没有再提起过她。今天这青长衫的女人，单单叫他心底涌起琼的影子。不可思议的，淡淡的，记忆描着活泼的琼。在极旧式的家庭里淘气，二舅舅提根旱烟管，厉声的出来停止她各种的嬉戏。但是琼只是敛住声音低低的笑。雨下大了，院中满是水，又是琼胆子大，把裤腿卷过膝盖，赤着脚，到水里装摸鱼。不小心她滑倒了，还是逸九去把她抱回来。和琼差不多大小的还有阿淑，住在对门，他们时常在一起玩，逸九忽然记起瘦小，不爱说话的阿淑来。

　　"听说阿淑快要结婚了，嬷嘱咐到表姨家问候，不知道阿淑要嫁给谁！"他似乎怕到表姨家。这几年的生疏叫他为难，前年他们遇见一次，装束不入时的阿淑倒有种特有的美，一种灵性……奇怪今天这青长衫女人为什么叫他想起这许多……

　　"逸九，你有相当的聪明，手腕，你又能巴结女人，你也应该来试试，我介绍你见老王。"

　　倦了的逸九忽了〔然〕感到苦闷。

　　老卢手弹着桌边表示不高兴，"老孟你少说话，逸九这位大少爷说不定他倒愿意去演电影呢！"种种都有一点落伍的老卢嘲笑着翮翮年少的朋友出气。

　　青纱长衫的女人和她朋友吃完了，站了起来。男的手托着女人的臂腕，无声的绕过他们三人的茶桌前面，走出门去。老卢逸九注意到女人有秀美的腿，稳健的步履。两人的融洽，在不言不语中流露出来。

"他们是甜心！"

"愿有情人都成眷属。"

"这女人算好看不？"

三个人同时说出口来，各各有所感触。

午后的热，由窗口外嘘进来，三个朋友吃下许多清凉的东西，更不知做什么好。

"电影园〔院〕去，咱们去研究一回什么'人生问题''社会问题'吧？"逸九望着桌上的空杯，催促着卢孟两个走。心里仍然浮着琼的影子。活泼，美丽，健硕，全幻灭在死的幕后，时间一样的向前，计量着死的实在。像今天这样，偶尔的回忆就算是证实琼有过活泼生命的惟一的证据。

东安市场门口洋车像放大的蚂蚁一串，头尾衔接着放在街沿。杨三已不在他寻常停车的地方。

"区里去，好，区里去！咱们到区里说个理去！"就是这样，王康和杨三到底结束了殴打，被两个巡警弹压下来。

刘太太打着油纸伞，端正的坐在洋车上，想金裁缝太不小心了，今天这件绸衫下摆仍然不合式，领也太小，紧得透不了气，想不到今天这样热，早知道还不如穿纱的去。裁缝赶做的活总要出点毛病。实甫现在脾气更坏一点，老嫌女人们麻烦。每次有个应酬你总要听他说一顿的。今天张老太太做整寿，又不比得寻常的场面可以随便……

对面来了浅蓝色衣服的年轻小姐，极时髦的装束使刘太太睁大了眼注意了。

"刘太太那里去？"蓝衣小姐笑了笑，远远照〔招〕呼她一声过去了。

"人家的衣服怎么如此合适！"刘太太不耐烦的举着花纸伞。

"呜呜——呜呜……"汽车的喇叭响得震耳。

"打住。"洋车夫紧抓车把,缩住车身前冲的趋势。汽车过去后,由刘太太车旁走出一个巡警,带着两个粗人;一根白绳由一个的臂膀系到另一个的臂上。巡警执着绳端,板着脸走着。一个粗人显然是车夫;手里仍然拉着空车,嘴里咕噜着。很讲究的车身,各件白铜都擦得放亮,后面铜牌上还镂着"卢"字。这又是谁家的车夫,闹出事让巡警拉走。刘太太恨恨的一想车夫们爱肇事的可恶,反正他们到区里去少不了东家设法把他们保出来的……

"靠里!……靠里!"威风的刘家车夫是不耐烦挤在别人车后的——老爷是局长,太太此刻出去阔绰的应酬,洋车又是新打的,两盏灯发出银光……哗啦一下,靠手板在另一个车边擦一下,车已猛冲到前头走了。刘太太的花油纸伞在日光中摇摇荡荡的迎着风,顺着街心溜向北去。

胡同口酸梅汤摊边刚走开了三个挑夫。酸凉的一杯水,短时间的给他们愉快,六只泥泞的脚仍然踏着滚烫的马路行去。卖酸梅汤的老头儿手里正在数着几十枚铜元,一把小鸡毛帚夹在腋下。他翻上两颗黯淡的眼珠,看看过去的花纸伞,知道这是到张家去的客人。他想今天为着张家做寿,客人多,他们的车夫少不得来摊上喝点凉的解渴。

"两吊……三吊!……"他动着他的手指,把一叠铜元收入摊边美人牌香烟的纸盒中。不知道今天这冰够不够使用的,他翻开几重荷叶,和一块灰黑色的破布,仍然用着他黯淡的眼珠向磁缸里的冰块端详了一回。"天不热,喝的人少,天热了,冰又化的太快!"事情那一件不有为难的地方,他叹口气再翻眼看看过去的汽车。汽车轧起一阵尘土,笼罩着老人和他的摊子。

寒暑表中的水银从早起上升,一直过了九十五度＊此类表述指华氏度，下同。的黑线上。喜篷〔棚〕底下比较阴〔荫〕凉的一片地面上曾聚过各种各色的人物。丁大夫也是其间一个。

丁大夫是张老太太内侄孙，德国学医刚回来不久，麻俐〔利〕，漂亮，现在社会上已经有了声望，和他同席的都借着他是医生的缘故，拿〈北〉平市卫生问题作谈料，什么虎〔鼠〕疫，伤寒，预防针，微菌，全在吞咽八宝东〔冬〕瓜，瓦块鱼，锅贴鸡，炒虾仁中间讨论过。

"贵医院有预防针，是好极了。我们过几天要来麻烦请教了。"说话的以为如果微菌听到他有打预防针的决心也皆气馁了。

"欢迎，欢迎。"

厨房送上一碗凉菜。丁大夫踌躇之后决意放弃吃这碗菜的权利。

小孩们都抢了盘子边上放的小冰块，含到嘴里嚼着玩，其他客喜欢这凉菜的也就不少。天实在热！

张家几位少奶奶装扮得非常得体，头上都戴朵红花，表示对旧礼教习尚仍然相当遵守的。在院子中盘旋着做主人，各人心里都明白自己今天的体面。好几个星期前就顾虑到的今天，她们所理想到的今天各种成功，已然顺序的，在眼前实现。虽然为着这重要的今天，各人都轮流着觉得受过委屈；生过气；用过心思和手腕；将就过许多不如意的细节。

老太太战〔颤〕巍巍的喘息着，继续维持着她的寿命。杂乱模糊的回忆在脑子里浮沉。兰兰七岁的那年……送阿旭到上海医病的那年真热……生四宝的时候在湖南，于是生育，病痛，兵乱，行旅，婚娶，没秩序，没规则的纷纷在她记忆下掀动。

"我给老太太拜寿，您给回一声吧。"

这又是谁的声音？这样大！老太太睁开打瞌睡的眼，看一个浓装〔妆〕的妇人对她鞠躬问好。刘太太——谁又是刘太太，真是的！今天客人太多了，好吃劲。老太太扶着赵妈站起来还礼。

"别客气了，外边坐吧。"二少奶伴着客人出去。

谁又是这刘太太……谁？……老太太模模糊糊的又做了一些猜想，望着门槛又堕入各种的回忆里去。

坐在门槛上的小丫头寿儿，看着院里石榴花出神。她巴不得酒席可以快点开完，底下人们可以吃中饭，她肚子里实在饿得慌。一早眼睛所接触的，大部分几乎全是可口的食品，但是她仍然是饿着肚子，坐在老太太门槛上等候呼唤。她极想再到前院去看看热闹，但为想到上次被打的情形，只得竭力忍耐。在饥饿中，有一桩事她仍然没有忘掉她的高兴。因为老太太的整寿大少奶给她一付〔副〕银镯。虽然为着搔背而酸乏的手臂懒得转动，她仍不时得意的举起手来，晃摇着她的新镯子。

午后的太阳斜到东廊上，后院子暂时沉睡在静寂中。幼兰在书房里和羽哭着闹脾气：

"你们都欺侮我，上次赛球我就没有去看。为什么要去？反正人家也不欢迎我，……慧石不肯说，可是我知道你和阿玲在一起玩得上劲。"抽噎的声音微微的由廊上传来。

"等会客人进来了不好看……别哭……你听我说……绝对没有怎〔这〕么回事的。咱们是亲表谁不知道我们亲热，你是我的兰，永远，永远的是我的最爱最爱的……你信我……"

"你在哄骗我，我……我永远不会再信你的了……"

"你又来伤我，你心狠……"

声音微下去，也和缓了许多，又过了一些时候，才有轻轻的笑语声。小丫头仍然饿得慌，仍然坐在门槛上没有敢动，她听着小外孙小姐和羽孙少爷老是吵嘴，哭哭啼啼的，她不懂。一会儿他们又笑着一块儿由书房里出来。

"我到婆婆的里间洗个脸去。寿儿你给我打盆洗脸水去。"

寿儿得着打水的命令，高兴的站起来。什么事也比坐着等老太太睡醒都好一点。

"别忘了晚饭等我一桌吃。"羽说完大步的跑出去。

后院顿时又堕入闷热的静寂里；柳条的影子画上粉墙，太阳的红比得胭脂。墙外天蓝蓝的没有一片云，像戏台上的布景。隐隐的送来小贩子叫卖的声音——卖西瓜的——卖凉席的，一阵一阵。

挑夫提起力气喊他孩子找他媳妇。天快要黑下来，媳妇还坐在门口纳鞋底子；赶着那一点天亮再做完一只。一个月她当家的要穿两双鞋子，有时还不够的，方才当家的回家来说不舒服，睡倒在炕上，这半天也没有醒。她放下鞋底又走到旁边一家小铺里买点生姜，说几句话儿。

断续着呻吟，挑夫开始感到苦痛，不该喝那冰凉东西，早知道这大暑天，还不如喝口热茶！迷惘中他看到茶碗，茶缸，施茶的人家，碗，碟，果子杂乱的绕着大圆篓，他又像看到张家的厨房。不到一刻他肚子里像纠麻绳一般痛，发狂的呕吐使他沉入严重的症候里和死搏斗。

挑夫媳妇失了主意，喊孩子出去到药铺求点药。那边时常夏天是施暑药的。……

邻居积渐知道挑夫家里出了事，看过报纸的说许是霍乱，要扎针的。张秃子认得大街东头的西医丁家，他披上小褂子，一边扣钮子，一边跑。丁大夫的门牌挂得高高的，新漆大门两扇紧闭着。张秃子找着电铃死命的按，又在门缝里张望了好一会，才有人出来开门。什么事？什么事？门房望着张秃子生气，张秃子看着丁宅的门房说："劳驾——劳驾您大爷，我们'街坊'李挑子中了暑，托我来行点药。"

"丁大夫和管药房先生'出份子去了'，没有在家，这里也没有旁人，这事谁又懂得？！"门房吞吞吐吐的说，"还是到对门益年堂打听吧。"大门已经差不多关上。

张秃子又跑了，跑到益年堂，听说一个孩子拿了暑药已经走了。张秃子是信教的，他相信外国医院的药，他又跑到那边医院里打听，等了半天，说那里不是施医院，并且也不收传染病的，医生晚上也都回家了，助手没有得上边话不能随便走开的。

"最好快报告区里，找卫生局里人。"管事的告诉他，但是卫生局又在那里⋯⋯

到张秃子失望的走回自己院子里的时候，天已经黑了下来，他听见李大嫂的哭声知道事情不行了。院里磁罐子里还放出浓馥的药味。他顿一下脚，"咱们这命苦的⋯⋯"他已在想如何去捐募点钱，收殓他朋友的尸体。叫孝子挨家去磕头吧！

天黑了下来张宅跨院里更热闹，水月灯底下围着许多孩子，看变戏法的由袍子里捧出一大缸金鱼，一盘子"王母蟠桃"献到老太太面前。孩子们都凑上去验看金鱼的真假。老太太高兴的笑。

大爷熟识捧场过的名伶自动的要送戏，正院前边搭着戏台，当差的忙着拦阻外面杂人往里挤，大爷由上海回来，两年中还是第一次——这次碍着母亲整寿的面，不回来太难为情。这几天行市不稳定，工人们听说很活动，本来就不放心走开，并且厂里的老赵靠不住，大爷最记挂。⋯⋯

看到院里戏台上正开场，又看廊上的灯，听听厢房各处传来的牌声，风扇声，开汽水声，大爷知道一切都圆满的进行，明天事完了，他就可以走了。

"伯伯上那儿去？"游廊对面走出一个清秀的女孩。他怔住了看，慧石——是他兄弟的女儿，已经长的这么大了？大爷伤感着，看他早死兄弟的遗腹女儿；她长得实在像她爸爸⋯⋯实在像她爸爸……

"慧石，是你。长得这样俊，伯伯快认不得了。"

慧石只是笑，笑。大伯伯还会说笑话，她觉得太料想不到的事，同时她像被电击一样，触到伯伯眼里蕴住的怜爱，一股心酸抓紧了她的嗓子。

她仍只是笑。

"那一年毕业？"大伯伯问她。

"明年。"

"毕业了到伯伯那里住。"

"好极了。"

"喜欢上海不？"

她摇摇头："没有北京〔平〕好。可是可以找事做，倒不错。"

伯伯走了，容易伤感的慧石急忙回到卧室里，想哭一哭，但眼睛湿了几回，也就不哭了，又在镜子前抹点粉笑了笑；她喜欢伯伯对她那和蔼态度。嬷常常不满伯伯和伯母的，常说些不高兴他们的话，但她自己却总觉得喜欢这伯伯的。

也许是骨肉关系有种不可思议的亲热，也许是因为感激知己的心，慧石知道她更喜欢她这伯伯了。

厢房里电话铃响。

"丁宅呀，找丁大夫说话？等一等。"

丁大夫的手气不坏，刚和了一牌三翻，他得意的站起来接电话：

"知道了知道了，回头就去叫他派车到张宅来接。什么？要暑药的？发痧中暑？叫他到平济医院去吧。"

"天实在热，今天，中暑的一定不少。"五少奶坐在牌桌上抽烟，等丁大夫打电话回来。"下午两点的时候刚刚九十九度啦！"她睁大了眼表示严重。

"往年没有这么热，九十九度的天气在北平真可以的了。"一个客人摇了摇檀香扇，急着想做庄。

咯突一声，丁大夫将电话挂上。

报馆到这时候积渐热闹，排字工人流着汗在机器房里忙着。编辑坐到公事桌上面批阅新闻。本市新闻由各区里送到；编辑略略将张宅名伶送戏一节细细看了看，想到方才同太太在市场吃冰其凌后，遇到街上的打架，又看看那段厮打的新闻，于是很自然的写着"西四牌楼三条胡同卢宅车夫杨三……"新闻里将杨三王康的争斗形容得非常动听，一直到了"扭区成讼"。

再看一些零碎，他不禁注意到挑夫霍乱数小时毙命一节，感到白天去吃冰其凌是件不聪明的事。

杨三在热臭的拘留所里发愁，想着主人应该得到他出事的消息了，怎么还没有设法来保他出去。王康则在又一间房子里喂臭虫，苟且的睡觉。

"……那儿呀，我卢宅呀，请王先生说话，……"老卢为着洋车被扣已经打了好几个电话了，在晚饭桌他听着太太的埋怨……那杨三真是太没有样子，准是又喝醉了，三天两回闹事。

"……对啦，找王先生有要紧事，出去饭局了么，回头请他给卢宅来个电话！别忘了！"

这大热晚上难道闷在家里听太太埋怨？杨三又没有回来，还得出去雇车，老卢不耐烦的躺在床上看报，一手抓起一把蒲扇赶开蚊子。

> 初刊于一九三五年六月十六日《大公报》『文艺副刊』第一百五十六期，署名林徽因。本集据作者一九三六年发表于《大公报文艺丛刊一小说选》中的修改稿刊印。

钟　绿

——模影零篇之一

　　钟绿是我记忆中第一个美人，因为一个人一生见不到几个真正负得起"美人"这称呼的人物，所以我对于钟绿的记忆，珍惜得如同他人私藏一张名画轻易不拿出来给人看，我也就轻易的不和人家讲她。除非是一时什么高兴，使我大胆的，兴奋的，告诉一个朋友，我如何如何的曾经一次看到真正的美人。

　　很小的时候，我常听到一些红颜薄命的故事，老早就印下这种迷信，好像美人一生总是不幸的居多。尤其是，最初叫我知道世界上有所谓美人的，就是一个身世极凄凉的年轻女子。她是我家亲戚，家中传统的认为一个最美的人。虽然她已死了多少年，说起她来，大家总还带着那种感慨，也只有一个美人死后能使人起的那样感慨。说起她，大家总都有一些美感的回忆。我婶娘常记起的是祖母出殡那天，这人穿着白衫来送殡。因为她是个已出嫁过的女子——其实她那时已孀居一年多——照我们乡例头上缠着白头帕。试想一个静好如花的脸；一个长长窈窕的身材；一身的缟素；借着人家伤痛的丧礼来哭她自己可怜的身世，怎不是一幅绝妙的图画！婶娘说起她时，却还不忘掉提到她的走路如何的有种特有丰神，哭时又如何的辛酸凄惋动人。我那时因为过小，记不起送殡那天看到这素服美人,事后为此不知惆怅了多少回。每当大家晚上闲坐谈到这个人儿时,总害了我竭尽想象力,冥想到了夜深。

也许就是因为关于她,我实在记得不太清楚,仅凭一家人时时的传说,所以这个亲戚美人之为美人,也从未曾在我心里疑问过。过了一些年月,积渐的,我没有小时候那般理想,事事都有一把怀疑,沙似的挟在里面。我总爱说:绝代佳人,世界上不时总应该有一两个,但是我自己亲眼却没有看见过就是了。这句话直到我遇见了钟绿之后才算是取消了,换了一句:我觉得侥幸,一生中没有疑问的,真正的,见到一个美人。

我到美国××城进入××大学时,钟绿已是离开那学校的旧学生,不过在校里不到一个月的工夫,我就常听到钟绿这名字。老学生中间,每一提到校里旧事,总要联想到她。无疑的,她是他们中间最受崇拜的人物。

关于钟绿的体面和她的为人及家世也有不少的神话。一个同学告诉我,钟绿家里本来如何的富有,又一个告诉我,她的父亲是个如何漂亮的军官,那一年死去的,又一个告诉我,钟绿多么好看,癖〔脾〕气又如何和人家不同。因为着恋爱,又有人告诉我,她和母亲决绝了,自己独立出来艰苦的半工半读,多处流落,却总是那么傲慢,潇洒,穿着得那么漂亮动人。有人还说钟绿母亲是希腊人,是个音乐家,也长得非常好看,她常住在法国及意大利,所以钟绿能通好几国文字。常常的,更有人和我讲了为着恋爱钟绿,几乎到发狂的许多青年的故事。总而言之,关于钟绿的事我实在听得多了,不过当时我听着也只觉到平常,并不十分起劲。

故事中仅有两桩,我却记得非常清楚,深入印象,此后不自觉的便对于钟绿动了好奇心。

一桩是同系中最标致的女同学讲的。她说那一年学校开个盛大艺术的古装表演，中间要用八个女子穿中世纪的尼姑服装。她是监制部的总管，每件衣裳由图案部发出，全由她找人比着裁剪，做好后再找人试服。有一晚，她出去晚饭回来稍迟，到了制衣室门口遇见一个制衣部里人告诉她说，许多衣裳做好正找人试着时，可巧电灯坏了，大家正在到处找来洋蜡点上。

"你猜，"她接着说，"我推开门时看到了什么？……"

她喘口气望着大家笑（听故事的人那时已不止我一个），"你想，你想一间屋子里，高高低低的点了好几根蜡烛；各处射着影子；当中一张桌子上面，默默的，立着那么一个钟绿——美到令人不敢相信的中世纪小尼姑，眼微微的垂下，手中高高擎起一支点亮的长烛。简单静穆，直像一张宗教画！拉着门环，我半天肃然，说不出一句话来！……等到人家笑声震醒我时，我已经记下这个一辈子忘不了的印象。"

自从听了这桩故事之后，钟绿在我心里便也开始有了根据，每次再听到钟绿的名字时，我脑子里便浮起一张图画。隐隐约约的，看到那个古代年轻的尼姑，微微的垂下眼，擎着一支蜡走过。

第二次，我又得到一个对钟绿依稀想象的背影，是由于一个男同学讲的故事里来的。这个脸色清癯的同学平常不爱说话，是个忧郁深思的少年——听说那个为着恋爱钟绿，到南非洲去旅行不再回来的同学，就是他的同房好朋友。有一天雨下得很大，我与他同在画室里工作，天已经积渐的黑下来，虽然还不到点灯的时候，我收拾好东西坐在窗下看雨，忽然听他说：

"真奇怪，一到下大雨，我总想起钟绿！"

"为什么呢？"我倒有点好奇了。

"因为前年有一次大雨，"他也走到窗边，坐下来望着窗外，"比今天这雨大多了，"他自言自语的眯上眼睛，"天黑得可怕，许多人全在楼上画图，只有我和勃森站在楼下前门口檐底下抽烟。街上一个人没有，树让雨打得像囚犯一样，低头摇曳。一种说不出来的黯淡和寂寞笼罩着整条没生意的街道，和街道旁边不作声的一切。忽然间，我听到背后门环响，门开了，一个人由我身边溜过，一直下了台阶冲入大雨中走去！……那是钟绿……

"我认得是钟绿的背影，那样修长灵活，虽然她用了一块折成三角形的绸巾蒙在她头上，一只手在项下抓紧了那绸巾的前面两角，像个俄国村姑的打扮。勃森说钟绿疯了，我也忍不住要喊她回来。'钟绿你回来，听我说！'我好像求她那样恳切，听到声，她居然在雨里回过头来望一望，看见是我，她仰着脸微微一笑，露出一排贝壳似的牙齿。"朋友说时回过头对我笑了一笑，"你真想不到世上真有她那样美的人！不管谁说什么，我总忘不了在那狂风暴雨中，她那样扭头一笑，村姑似的包着三角的头巾。"

这张图画有力的穿过我的意识，我望望雨又望望黑影笼罩的画室。朋友叉着手，正经的又说：

"我就喜欢钟绿的一种纯朴，城市中的味道在她身上总那样的不沾着她本身的天真！那一天，我那个热情的同房朋友在楼窗上也发见了钟绿在雨里，像顽皮的村姑，没有笼头的野马。便用劲的喊。钟绿听到，俯下身子一闪，立刻就跑了。上边劈空的雷电，四围纷披的狂雨，一会儿工夫她就消失在那冰〔水〕雾迷漫之中了……"

"奇怪，"他叹口气，"我总老记着这桩事，钟绿在大风雨里似乎是个很自然的回忆。"

听完这段插话之后，我的想象中就又加了另一个隐约的钟绿。

半年过去了，这半年中这个清癯的朋友和我比较的熟起，时常轻声的来告诉我关于钟绿的消息。她是辗转的由一个城到另一个城，经验不断的跟在她脚边，命运好似总不和她合作，许多事情都不畅意。

秋天的时候，有一天我这朋友拿来两封钟绿的来信给我看，笔迹秀劲流丽如见其人，我留下信细读觉到它很有意思。那时我正初次的在夏假中觅工，几次在市城熙熙攘攘中长了见识，更是非常的同情于这流浪的钟绿。

"所谓工业艺术你可曾领教过？"她信里发出嘲笑，"你从前常常苦心教我调颜色，一根一根的描出理想的线条，做什么，你知道么？……我想你决不能猜到，两三星期以来，我和十几个本来都很活泼的女孩子，低下头都画一些什么，……你闭上眼睛，喘口气，让我告诉你！墙上的花纸，好朋友！你能相信么？一束一束的粉红玫瑰花由我们手中散下来，整朵的，半朵的——因为有人开了工厂专为制造这种的美丽！……

"不，不，为什么我要脸红？现在我们都是工业战争的斗士——（多美丽的战争！）——并且你知道，各人有各人不同的报酬；花纸厂的主人今年新买了两个别墅，我们前夜把晚饭减掉一点居然去听音乐了，多谢那一束一束的玫瑰花！……"

幽默的，幽默的她写下去那样顽皮的牢骚。又一封：

"……好了，这已经是秋天，谢谢上帝，人工的玫瑰也会凋零的。这回任何一束什么花，我也决意不再制造了，那种逼迫人家眼睛堕落的差事，需要我所没有的勇敢，我失败了，不知道在心里那一部分也受点伤。……

"我到乡村里来了，这回是散布智识给村里朴实的人！××书局派我来揽买卖，儿童的书，常识大全，我简直带着'智识'的样本到处走。那可爱的老太太却问我要最新烹调的书，工作到很瘦的妇人要城市生活的小说看——你知道那种穿着晚服去恋爱的城市浪漫！

"我夜里总找回一些矛盾的微笑回到屋里。乡间的老太太都是理想的母亲，我生平没有吃过更多的牛奶，睡过更软的鸭绒被，原来手里提着锄头的农人,都是这样母亲的温柔给培养出来的力量。我爱他们那简单的情绪和生活,好像日和夜,太阳和影子,农作和食睡,夫和妇,儿子和母亲,幸福和辛苦都那样均匀的放在天秤的两头。……

"这农村的妩媚,溪流树荫全合了我的意,你更想不到我屋后有个什么宝贝? 一口井,老老实实旧式的一口井,早晚我都出去替老太太打水。真的,这样才是日子,虽然山边没有橄榄树,晚上也缺个织布的机杼,不然什么都回到我理想的已往里去。……

"到井边去汲水,你懂得那滋味么? 天呀,我的衣裙让风吹得松散,红叶在我头上飞旋,这是秋天,不瞎说,我到井边去汲水去。回来时你看着我把水罐子扛在肩上回来!"

看完信,我心里又来了一个古典的钟绿。

约略是三月的时候,我的朋友手里拿本书,到我桌边来,问我看过没有这本新出版的书,我由抽屉中也扯出一本叫他看。他笑了,说:"你知道这个作者就是钟绿的情人。"

我高兴的谢了他,我说:"现在我可明白了。"我又翻出书中几行给他看,他看了一遍,放下书默诵了一回,说:

"他是对的,他是对的,这个人实在很可爱,他们完全是了解的。"

此后又过了半个月光景。天气渐渐的暖起来,我晚上在屋子里读书老是开着窗子,窗前一片草地隔着对面远处城市的灯光车马。有个晚上,很夜深了,我觉到冷,刚刚把窗子关上,却听到窗外有人叫我,接着有人拿沙子抛到玻璃上。我赶忙起来一看,原来草地上立着那个清癯的朋友,旁边有个女人立在我的门前。朋友说:"你能不能下来? 我们有桩事托你。"

我蹑着脚下楼,开了门,在黑影模糊中听我朋友说:"钟绿,钟绿她来到这里,太晚没有地方住,我想,或许你可以设法,明天一早她就要走的。"他又低声向我说:"我知道你一定愿意认识她。"

这事真是来得非常突兀,听到了那么熟识,却又是那么神话的钟绿,竟然意外的立在我的前边,长长的身影穿着外衣,低低的半顶帽遮着半个脸,我什么也看不清楚。我伸手和她握手,告诉她在校里常听到她。她笑声的答应我说,希望她能使我失望,远不如朋友所讲的她那么坏!

在黑夜里,她的声音像银铃样,轻轻的摇着,末后宽柔温好,带点回响。她又转身谢谢那个朋友,率真的揽住他的肩膀说:"百罗,你永远是那么可爱的一个人。"

她随了我上楼梯,我只觉到奇怪,钟绿在我心里始终成个古典人物,她的实际的存在,在此时反觉得荒诞不可信。

我那时是个穷学生,和一个同学住一间不甚大的屋子,却巧同房的那几天回家去了。我还记得那晚上我在她的书桌上,开了她那盏非常得意的浅黄色灯,还用了我们两人共用的大红浴衣铺在旁边大椅上,预备看书时盖在腿上当毯子享用。屋子的布置本来极简单,我们曾用尽苦心把它收拾得还有几分趣味:衣橱的前面我们用一大幅黑色带金线的旧锦挂上,上面悬着一付〔副〕我朋友自己刻的金色美人面具,旁边靠墙放两架睡榻,罩着深黄的床幔和一些靠垫,两榻中间隔着一个薄纱的东方式屏风。窗前一边一张书桌,各人有个书架,几件心爱的小古董。

整个房子的神气还很舒适,颜色也带点古黯神秘。钟绿进房来,我就请她坐在我们惟一的大椅上,她把帽子外衣脱下,顺手把大红浴衣披在身上说:"真能让你我独占这房里唯一的宝座么?"不知为什么,听到这话,我怔了一下,望着灯下披着红衣的她。看她里面本来穿的是一件古铜色衣裳,腰里一根很宽的铜质软带,一边臂上似乎套着两三付〔副〕细窄的铜镯子,在那红色浴衣掩映之中，黑色古锦之前，我只觉到她由脸至踵有种神韵，一种名贵的气息和光彩，超出寻常所谓美貌或是漂亮。她的脸稍带椭圆，眉目清扬，有点儿南欧曼达娜的味道；眼睛深棕色，虽然甚大，却微微有点羞涩。她的头脸，耳，鼻，口唇，前颈，和两只手，则都像雕刻过的型体！每一面和他一面交接得那样清晰，又那样柔和，让光和影在上面活动着。

  我的小铜壶里本来烧着茶，我便倒出一杯递给她。这回她却怔了说："真想不到这个时候有人给我茶喝，我这回真的走到中国了。"我笑了说："百罗告诉我你喜欢到井里汲水，好，我就喜欢泡茶。各人有她传统的嗜好，不容易改掉。"就在那时候，她的两唇微微的一抿，像朵花，由含苞到开放，毫无痕迹的轻轻的张开，露出那一排贝壳般的牙齿，我默默的在心里说，我这一生总可以说真正的见过一个称得起美人的人物了。

  "你知道，"我说，"学校里谁都喜欢说起你，你在我心里简直是个神话人物，不，简直是古典人物；今天你的来，到现在我还信不过这事的实在性！"

  她说："一生里事大半都好像做梦。这两年来我飘〔漂〕泊惯了，今天和明天的事多半是不相连续的多；本来现实本身就是一串不一定能连续而连续起来的荒诞。什么事我现在都能相信得过，尤其是此刻，夜这么晚，我把一个从来未曾遇见过的人的清静打断了，坐在她屋里，喝她几千里以外寄来的茶！"

  那天晚上，她在我屋子里不止喝了我的茶，并且在我的书架上搬弄了我的书，我的许多相片，问了我一大堆的话，告诉我她有个朋友喜欢中国的诗——我知道那就是那青年作家，她的情人，可是我没有问她。她就在我屋子中间小小灯光下愉悦的活动着，一会儿立在洛阳造像的墨拓前默了一会〈儿〉，停一刻又走过，用手指柔和的，顺着那金色面具的轮廓上抹下来。她搬弄我桌上的唐陶俑和图章，又问我壁上铜剑的铭文，纯净的型和线似乎都在引逗起她的兴趣。

一会儿她倦了，无意中伸个懒腰，慢慢的将身上束的腰带解下，自然的，活泼的，一件一件将自己的衣服脱下，裸露出她雕刻般惊人的美丽。我看着她耐性的、细致的，解除臂上的铜镯，又用刷子刷她细柔的头发，来回的走到浴室里洗面又走出来。她的美当然不用讲；我惊讶的是她所有举动，全个体态，都是那样的有个性，奏着韵律。我心里想，自然舞蹈班中几个美体的同学，和我们人体画班中最得意的两个模特，明蒂和苏茜，她们的美实不过是些浅显的柔和及妍丽而已，同钟绿真无法比较得来。我忍不住兴趣的直爽的笑对钟绿说：

"钟绿，你长得实在太美了，你自己知道么？"

她忽然转过来看了我一眼，好癖〔脾〕气的笑起来，坐到我床上。

"你知道你是个很古怪的小孩子么？"她伸手抚着我的头后（那时我的头是低着的，似乎倒有点难为情起来），"老实告诉你，当百罗告诉我，要我住在一个中国姑娘的房里时，我倒有些害怕，我想着不知道我们要谈多少孔夫子的道德，东方的政治；我怕我的行为或许会触犯你们谨严的佛教！"

这次她说完，却是我打个呵欠，倒在床上好笑。

她说："你在这里原来住得还真自由。"

我问她是否指此刻我们不拘束的行动讲。我说那是因为时候到底是半夜了，房东太太在梦里也无从干涉，其实她才是个极宗教的信徒，我平日极平常的画稿，拿回家来还曾经惊着她的腼腆。男朋友从来只到过我楼梯底下的，就是在楼梯边上坐着，到了十点半，她也一定咳嗽的。

钟绿笑了说："你的意思是从孔子庙到自由神中间并无多大

距离！"

那时我睡在床上和她谈天，屋子里仅点一盏小灯。她披上睡衣，替我开了窗，才回到床上抱着膝盖抽烟。在一小闪光底下，她努着嘴喷出一个一个的烟圈，我又疑心我在做梦。

"我顶希望有一天到中国来，"她说，手里搬弄床前我的夹旗袍，"我还没有看见东方的莲花是什么样子。我顶爱坐帆船了。"

我说："我和你约好了，过几年你来，挑个山茶花开遍了时节，我给你披上一件长袍，我一定请你坐我家乡里最浪漫的帆船。"

"如果是个月夜，我还可以替你调一曲希腊的弦琴。"

"也许那时候你更愿意死在你的爱人怀里！如果你的他也来。"我逗着她。

她忽然很正经的却用最柔和的声音说："我希望有这福气。"

就这样说笑着，我朦胧的睡去。

到天亮时，我觉得有人推我，睁开了眼，看她已经穿好了衣裳，收拾好皮包，俯身下来和我作别。

"再见了，好朋友，"她又淘气的抚着我的头，"就算你做个梦吧。现在你信不信昨夜答应过人，要请她坐帆船？"

可不就像一个梦，我眯着两只眼，问她为何起得这样早。她告诉我要赶六点十分的车到乡下去，约略一个月后，或许回来，那时一定再来看我。她不让我起来送她，无论如何要我答应她，等她一走就闭上眼睛再睡。

于是在天色微明中，我只再看到她歪着一顶帽子，倚在屏风旁边妩媚的一笑，便转身走出去了。一个月以后，她没有回来，其实等到一年半后，我离开××时，她也没有再来过这城的。我同她的友谊就仅仅限于那么一个短短的半夜，所以那天晚上是我第一次，也就是最末次，会见了钟绿。但是即使以后我没有再得到关于她的种种悲惨的消息，我也知道我是永远不能忘记她的。

那个晚上以后,我又得到她的消息时,约在半年以后,百罗告诉我说:

"钟绿快要出嫁了。她这种的恋爱真能使人相信人生还有点意义,世界上还有一点美存在。这一对情人上礼拜堂去,的确要算上帝的荣耀。"

我好笑忧郁的百罗说这种话,却是私下里也的确相信钟绿披上长纱会是一个奇美的新娘。那时候我也很知道一点新郎的样子和癖〔脾〕气,并且由作品里我更知道他留给钟绿的情绪,私下里很觉到钟绿幸福。至于他们的结婚,我倒觉得很平凡;我不时叹息,想象到钟绿无条件的跟着自然律走,慢慢的变成一个妻子,一个母亲,渐渐离开她现在的样子,变老,变丑,到了我们从她脸上身上再也看不出她现在的雕刻般的奇迹来。

谁知道事情偏不这样的经过,钟绿的爱人竟在结婚的前一星期骤然死去,听说钟绿那时正在试着嫁衣,得着电话没有把衣服换下,便到医院里晕死过去在她未婚新郎的胸口上。当我得到这个消息时,钟绿已经到法国去了两个月,她的情人也已葬在他们本来要结婚的礼拜堂后面。

因为这消息,我却时常想起钟绿试装中世纪尼姑的故事,有点儿迷信预兆。美人自古薄命的话,更好像有了凭据。但是最使我感恸的消息,还在此后两年多。

当我回国以后,正在家乡游历的时候,我接到百罗一封长信,我真是没有想到钟绿竟死在一条帆船上。关于这一点,我始终疑心这个场面,多少有点钟绿自己的安排,并不见得完全出自偶然。那天晚上对着一江清流,茫茫暮霭,我独立在岸边山坡上,看无数小帆船顺风飘过,忍不住泪下如雨,坐下哭了。

我耳朵里似乎还听见钟绿银铃似的温好的声音说:"就算你做个梦,现在你信不信昨夜答应过请人坐帆船?"

吉 公

——模影零篇之二

> 初刊于一九三五年八月十一日《大公报》「文艺副刊」第一百六十四期,署名林徽因。

　　二三十年前,每一个老派头旧家族的宅第里面,竟可以是一个缩小的社会;内中居住着种种色色的人物,他们综错的性格,兴趣,和琐碎的活动,或属于固定的,或属于偶然的,常可以在同一个时间里,展演如一部戏剧。

　　我的老家,如同当时其他许多家庭一样,在现在看来,尽可以称它做一个旧家族。那个并不甚大的宅子里面,也自成一种社会缩影。我同许多小孩子既在那中间长大,也就习惯于里面各种综错的安排和纠纷;像一条小鱼在海滩边生长,习惯于种种螺壳,蛤蜊,大鱼,小鱼,司空见惯,毫不以那种戏剧性的集聚为希〔稀〕奇。但是事隔多年,有时反复回味起来,当时的情景反倒十分迫近。眼里颜色浓淡鲜晦,不但记忆浮沉驰骋,情感竟亦在不知不觉中重新伸缩,仿佛有所活动。

　　不过那大部的戏剧此刻却并不在我念中,此刻吸引是〔使〕我回想的仅是那大部中一小部,那综错的人物中一个人物。

　　他是我们的舅公,这事实是经"大人们"指点给我们一群小孩子知道的。于是我们都叫他做"吉公",并不疑问到这事实的确实性。但是大人们却又在其他的时候里,间接的或直接的,告诉我们,他并不是我们的舅公的许多话！凡属于故事的话，当然都更能深入孩子的记忆里，这舅公的来历，就永远的在我们心里留下痕迹。

"吉公"是外曾祖母抱来的儿子；这故事一来就有些曲折，给孩子们许多想象的机会。外曾祖母本来自己是有个孩子的，据大人们所讲，他是如何的聪明，如何的长得俊！可惜在他九岁的那年一个很热的夏天里，竟然"出了事"。故事是如此的：他和一个小朋友，玩着抬起一个旧式的大茶壶桶，嘴里唱着土白的山歌，由供着神位的后厅抬到前面正厅里去……（我们心里在这里立刻浮出一张鲜明的图画：两个小孩子，赤着膊；穿着挑花大红肚兜；抬着一个朱漆木桶；里面装着一个白锡镶铜的大茶壶：多少两的粗茶叶，泡得滚热的；——）但是悲剧也就发生在这幅图画后面，外曾祖父手里拿着一根旱烟管，由门后出来，无意中碰倒了一个孩子，事儿就坏了！那无可偿补的悲剧，就此永远嵌进那温文儒雅读书人的生命里去。

这个吉公用不着说是抱来替代那惨死去的聪明孩子的。但这是又过了十年，外曾祖母已经老了，祖母已将出阁时候的事。讲故事的谁也没有提到吉公小时是如何长得聪明美丽的话。如果讲到吉公小时的情形，且必用一点叹息的口气说起这吉公如何的顽皮，如何的不爱念书，尤其是关于学问是如何的没有兴趣，长大起来，他也始终不能去参加他们认为光荣的考试。

就一种理论讲，我们自己既在那里读书学做对子，听到吉公不会这门事，在心理上对吉公发生了一点点轻视并不怎样不合理。但是事实上我们不止〔只〕对他的感情总是那么柔和，时常且对他发生不少的惊讶和钦佩。

吉公住在一个跨院的旧楼上边。不止在现时回想起来，那地方是个浪漫的去处，就是在当时，我们也未尝不觉到那一曲小小的旧廊，上边斜着吱吱哑哑的那么一道危梯，是非常有趣味的。

我们的境界既被限制在一所四面有围墙的宅子里，那活泼的孩子心有时总不肯在单调的生活中磋磨过去，故必定竭力的，在那限制的范围以内寻觅新鲜。在一片小小的地面上，我们认为最多变化，最有意思的，到底是人：凡是有人住的，无论那一个小角落里，似乎都藏着无数的奇异，我们对它便都感着极大兴味。所以挑水老李住的两间平房，远在茶园子的后门边，和退老的老陈妈所看守的厨房以外一排空房，在我们寻觅新鲜的活动中，或可以说长成的过程中，都是绝对必需的。吉公住的那小跨院的旧楼，则更不必说了。

在那楼上，我们所受的教育，所吸取的智识，许多确非负责我们教育的大人们所能想象得到的。随便说吧，最主要的就有自鸣钟的机轮的动作，世界地图，油画的外国军队军舰，和照相技术的种种，但是最要紧的还是吉公这个人，他的生平，他的样子，脾气，他自己对于这些新智识的兴趣。

吉公已是中年人了，但是对于种种新鲜事情的好奇，却还活像个孩子。在许多人跟前，他被认为是个不读书不上进的落魄者，所以在举动上，在人前时，他便习惯于惭愧，谦卑，退让，拘束的神情，惟独回到他自己的旧楼上，他才恢复过来他种种生成的性格，与孩子们和霭〔蔼〕天真的接触。

在楼上他常快乐的发笑；有时为着玩弄小机器一类的东西，他还会带着嘲笑似的，骂我们迟笨——在人前，这些便是绝不可能的事。用句现在极普通的语言讲，吉公是个有"科学的兴趣"的人，那个小小楼屋，便是他私人的实验室。但在当时，吉公只是一个不喜欢做对子读经书的落魄者，那小小角隅实是祖母用着布施式的仁慈和友爱的含忍，让出来给他消磨无用的日月的。

夏天里，约略在下午两点的时候。那大小几十口复杂的家庭里，各人都能将他一份事情打发开来，腾出一点时光睡午觉。小孩们有的也被他们母亲或看妈抓去横睡在又热又闷气的床头一角里去。在这个时候，火似的太阳总显得十分寂寞，无意义的罩着一个两个空院；一处两处洗晒的衣裳；刚开过饭的厨房；或无人用的水缸。在清静中，喜鹊大胆的飞到地面上，像人似的来回走路，寻觅零食，花猫黄狗全都蜷成一团，在门槛旁把头睡扁了似的不管事。

我喜欢这个时候，这种寂寞对于我有说不出的滋味。饭吃过，随便在那个荫凉处呆着，用不着同伴，我就可以寻出许多消遣来。起初我常常一人走进吉公的小跨院里去，并不为的找吉公，只站在门洞里吹穿堂风，或看那棵大柚子树的树阴〔荫〕罩在我前面来回的摇晃。有一次我满以为周围只剩我一人的，忽然我发现廊下有个长长的人影，不觉一惊。顺着人影偷着看去，我才知道是吉公一个人在那里忙着一件东西。他看我走来便向我招手。

原来这时间也是吉公最宝贵的时候，不轻易拿来糟蹋在午睡上面。我同他的特殊的友谊便也建筑在这点点同情上。他告我他私自学会了照相，家里新买到一架照相机已交给他尝试。夜里，我是看见过的，他点盏红灯，冲洗那种旧式玻璃底片，白日里他一张一张耐性的晒片子，这还是第一次让我遇到。那时他好脾气的指点给我一个人看，且请我帮忙，两次带我上楼取东西。平常孩子们太多他没有工夫讲解的道理，此刻慢吞吞的也都和我讲了一些。

吉公楼上的屋子是我们从来看不厌的，里面东西实在是不少，老式钟表就有好几个，都是亲戚们托他修理的，有的是解散开来卧在一个盘子里，等他一件一件再细心的凑在一起。桌上竟还放着一付〔副〕千里镜，墙上满挂着许多很古怪翻印的油画，有的是些外国皇族，最多还是有枪炮的普法战争的图画，和一些火车轮船的影片以及大小地图。

"吉公，谁教你怎么修理钟的？"

吉公笑了笑，一点不骄傲，却显得更谦虚的样子，努一下嘴，叹口气说："谁也没有教过吉公什么！"

"这些机器也都是人造出来的，你知道！"他指着自鸣钟，"谁要喜欢这些东西尽可拆开来看看，把它弄明白了。"

"要是拆开了还不大明白呢？"我问他。

他更沉思的叹息了。

"你知道，吉公想大概外国有很多工厂教习所，教人做这种灵巧的机器，凭一个人的聪明一定不会做得这样好。"说话时吉公带着无限的怅惘。我却没有听懂什么工厂什么教习所的话。

吉公又说："我那天到城里去看一个洋货铺，里面有个修理钟表的柜台，你说也真奇怪，那个人在那里弄个钟，许多地方还没有吉公明白呢！"

在这个时候，我以为吉公尽可以骄傲了，但是吉公的脸上此刻看去却更惨淡，眼睛正望着壁上火轮船的油画看。

"这些钟表实在还不算有意思。"他说，"吉公想到上海去看一次火轮船，那种大机器转动起来够多有趣？"

"伟叔不是坐着那么一个上东洋去了么？"我说，"你等他回来问问他。"

吉公苦笑了。"傻孩子，伟叔是读书人，他是出洋留学的，坐到一个火轮船上，也不到机器房里去的，那里都是粗的工人火夫等管着。"

"那你呢，难道你就能跑到粗人火夫的机器房里去？"孩子们受了大人影响，怀疑到吉公的自尊心。

"吉公喜欢去学习，吉公不在乎那些个。"他笑了。看看我为他十分着急的样子，忙把话转变一点安慰我说："在外国，能干的人也有专管机器的，好比船上的船长吧，他就也得懂机器还懂地理。

军官吧,他就懂炮车里机器,尽念古书不相干的,洋人比我们能干,就为他们的机器⋯⋯"

这次吉公讲的话很多,我都听不懂,但是我怕他发现我太小不明白他的话,以后不再要我帮忙,故此一直勉强听下去,直到吉公记起廊下的相片,跳起来拉了我下楼。

又过了一些日子,吉公的照相颇博得一家人的称赞,尤其是女人们喜欢的了不得。天好的时候,六婶娘找了几位妯娌,请祖母和姑妈们去她院里照相。六婶娘梳着油光的头,眉目细细的,淡淡的画在她的白皙脸上,就同她自己画的兰花一样有几分勉强。她的院里有几棵梅花几竿竹,一个月门,还有一堆假山,大家都认为可以入画的景致。但照相前,各人对于陈设的准备,也和吉公对于照相机底片等等的部署一般繁重。婶娘指挥丫头玉珍,花匠老王,忙着摆茶几,安放细致的水烟袋及茶杯。前面还要排着讲究的盆花,然后两旁列着几张直背椅,各人按着辈分岁数各各坐成一个姿势,有时还拉着一两个孩子做衬托。

在这种时候,吉公的头与手在他黑布与机器之间耐烦的周旋着。周旋到相当时间,他认为已到达较完满的程度,才把头伸出观望那被摄影的人众。每次他有个新颖的提议,照相的人们也就有说有笑的起劲。这样祖母便很骄傲起来,这是连孩子们都觉察得出的,虽然我们当时并未了解她的许多伤心。吉公呢,他的全付〔副〕精神却在那照相技术上边,周围的空气人情并不在他注意中。等到照相完了,他才微微的感到一种完成的畅适,兴头的掮着照相机,带着一群孩子回去。

还有比这个严重的时候,如同年节或是老人们的生日,或宴客,吉公的照相职务便更为重要了。早上你到吉公屋里去,便看得到厚厚的红布黑布挂在窗上,里面点着小红灯,吉公驼着背在黑暗中来往的工作。他那种兴趣,勤劳和认真,现在回想起来,我相信如果他晚生了三十年，这个社会里必定会有他一个结实的地位的。照相不过是他当时一个不得已的科学上活动，他对于其他机器的爱好，却并不在照相以下。不过在实际上照相既有所贡献于接济他生活的人，他也只好安于这份工作了。

另一次我记得特别清楚，我那喜欢兵器武艺的祖父，拿了许多所谓"洋枪"到吉公那里，请他给揩擦上油。两人坐在廊下谈天，小孩子们也围上去。吉公开一瓶橄榄油，扯点破布，来回的把玩那些我们认为颇神秘的洋枪，一边议论着洋船，洋炮，及其他洋人做的事。

吉公所懂得的均是具体智识，他把枪支在手里，开开这里，动动那里，演讲一般指手划〔画〕脚讲到机器的巧妙，由枪到炮，由炮到船，由船到火车，一件一件。祖父感到惊讶了，这已经相信维新的老人听到吉公这许多话，相当的敬服起来，微笑凝神的在那里点头领教。大点的孩子也都闻所未闻的睁大了眼睛；我最深的印象便是那次是祖父对吉公非常愉悦的脸色。

祖父谈到航海，说起他年轻的时候，极想到外国去，听到某处招生学洋文，保送到外洋去，便设法想去投考。但是那时他已聘了祖母，丈人方面得到消息大大的不高兴，竟以要求退婚要挟他把那不高尚的志趣打消。吉公听了，黯淡的一笑，或者是想到了他自己年少时多少的梦，也曾被这同一个读书人给毁掉了。

他们讲到苏彝士运河，吉公便高兴的，同情的，把楼上地图拿下来，由地理讲到历史，甲午呀，庚子呀，我都是在那时第一次听到。我更记得平常不说话的吉公当日愤慨的议论，我为他不止一点的骄傲，虽然我不明白为什么他的结论总回到机器上。

但是一年后吉公离开我们家，却并不为着机器，而是出我们意料外的为着一个女人。

也许是因为吉公的照相相当的出了名，并且时常的出去照附近名胜风景，让一些人知道了，就常有人来请他去照相。为着对于技术的兴趣，他亦必定到人家去尽义务的为人照全家乐，或带着朝珠谱褂的单人留影。酬报则时常是些食品，果子。

有一次有人请他去，照相的却是一位未曾出阁的姑娘，这位姑娘因在择婿上稍稍经过点周折，故此她家里对于她的亲事常怀着悲观。与吉公认识的是她堂房哥哥，照相的事是否这位哥哥故意的设施，家里人后来议论得非常热烈，我们也始终不得明了。要紧的是，事实上吉公对于这姑娘一家甚有好感，为着这姑娘的相片也颇尽了些职务；我不记得他是否在相片上设色，至少那姑娘的口唇上是抹了一小点胭脂的。

这事传到祖母耳里，这位相信家教谨严的女人便不大乐意。起前，她觉得一个未出阁的女子，相片交给一个没有家室的男子手里印洗，是不名誉不正当的。并且这女子既不是和我们同一省份，便是属于"外江"人家的，事情尤其要谨慎。在这纠纷中，我才又得听到关于吉公的一段人生悲剧。多少年前他是曾经娶过妻室的，一位年轻美貌的妻子，并且也生过一个孩子，却在极短的时间内，母子两人全都死去。这事除却在吉公一人的心里，这两人的存在几乎不在任何地方留下一点凭据。

现在这照相的姑娘是吉公生命里的一个新转变，在他单调的日月里开出一条路来。不止在人情上吉公也和他人一样需要异性的关心和安慰，就是在事业的野心上，这姑娘的家人也给吉公以不少的鼓励，至少到上海去看火轮船的梦是有了相当的担保，本来悠长没有着落的日子，现在是骤然的点上希望。虽然在人前吉公仍是沉默，到了小院里他却开始愉快的散步；注意到柚子树又开了花；晚上有没有月亮；还买了几条金鱼养到缸里。在楼上他也哼哼一点调子，把风景照片镶成好看的框子，零整的拿出去托人代售。有时他还整理旧箱子；多少年他没有心绪翻检的破旧东西，现在有时也拿出来放在床上，椅背上，尽小孩子们好奇的问长问短，他也满不在乎了。

忽然突兀的他把婚事决定了，也不得我祖母的同意，便把吉期选好，预备去入赘。祖母生气到默不做声，只退到女人家的眼泪里去，呜咽她对于这弟弟的一切失望。家里人看到舅爷很不体面的，到外省人家去入赘，带着一点箱笼什物，自然也有许多与祖母表同情的。但吉公则终于离开那所浪漫的楼屋，去另找他的生活了。

那布着柚子树阴〔荫〕的小跨院渐渐成为一个更寂寞的角隅，那道吱吱哑哑的木梯从此便没有人上下，除却小孩子们有时淘气，上到一半又赶忙下来。现在想来，我不能不称赞吉公当时那一点挣扎的活力，能不甘于一种平淡的现状。那小楼只能尘封吉公过去不幸的影子，却不能把他给活埋在里边。

吉公的行为既是离叛亲族，在旧家庭里许多人就不能容忍这种的不自尊。他婚后的行动，除了带着新娘来拜过祖母外，其他事情便不听到有人提起！似乎过了不久的时候，他也就到上海去，多少且与火轮船有关系。有一次我曾大胆的问过祖父，他似乎对于吉公是否在火轮船做事没有多大兴趣，完全忘掉他们一次很融洽的谈话。在祖母生前，吉公也还有来信，但到她死后，就完全的渺然消失，不通音问了。

两年前我南下，回到幼年居住的城里去，无意中遇到一位远亲，他告诉我吉公住在城中，境况非常富裕；子女四人，在各个学校里读书，对于科学都非常嗜好，尤其是内中一个，特别聪明，屡得学校奖金等等。于是我也老声老气的发出人事的感慨。如果吉公自己生早了三四十年，我说，我希望他这个儿子所生的时代与环境合适于他的聪明，能给他以发展的机会不再复演他老子的悲剧。并且在生命的道上，我祝他早遇到同情的鼓励，敏捷的达到他可能的成功。这得失且并不仅是吉公个人的,而可以计算作我们这老朽的国家的。

至于我会见到那六十岁的吉公,听到他离开我们家以后一段奋斗的历史,这里实没有细讲的必要,因为那中年以后,不经过训练,自己琢磨出来的机器师,他的成就必定是有限的。纵使他有相当天赋的聪明,他亦不能与太不适当的环境搏斗。由于爱好机器,他到轮船上做事,到码头公司里任职,更进而独立的创办他的小规模丝织厂,这些全同他的照相一样,仅成个实际上能博取物质胜利的小事业,对于他精神上超物质的兴趣,已不能有所补助,有所启发。年老了,当时的聪明一天天消失,所余仅是一片和霭〔蔼〕的平庸和空虚。认真的说,他仍是个失败者。如果迷信点的话,相信上天或许要偿补给吉公他一生的委曲,这下文的故事,就该应在他那个聪明孩子和我们这个时代上。但是我则仍然十分怀疑。

文　珍

——模影零篇之三

> 初刊于一九三六年六月十四日《大公报》"文艺"副刊，第一百六十二期，署名林徽因。此期为"星期特刊"。

　　家里在复杂情形下搬到另一个城市去，自己是多出来的一件行李。大约七岁，似乎已长大了，篁姊同家里商量接我到她处住半年，我便被送过去了。

　　起初一切都是那么模糊，重叠的一堆新印象乱在一处；老大的旧房子，不知有多少老老少少的人，楼，楼上幢幢的人影，嘈杂陌生的声音，假山，绕着假山的水池，很讲究的大盆子花，菜圃，大石井，红红绿绿小孩子，穿着很好看或粗糙的许多妇人，围着四方桌打牌的，在空屋里养蚕的，晒干菜的，生活全是那么混乱繁复和新奇。自己却总是孤单，怯生，寂寞。积渐的在纷乱的周遭中，居然挣扎出一点头绪，认到一个凝固的中心，在寂寞焦心或怯生时便设法寻求这中心，抓紧它，旋绕着它，要求一个孩子所迫切需要的保护，温暖，和慰安。

　　这凝固的中心便是一个约摸十七岁年龄的女孩子。她有个苗条身材，一根很黑的发辫，扎着大红绒绳；两只灵活真叫人喜欢黑晶似的眼珠；和一双白皙轻柔无所不会的手。她叫做文珍。人人都喊她文珍，不管是梳着油光头的妇人，扶着拐杖的老太太，刚会走路的"孙少"，老妈子或门房里人！

文珍随着喊她的声音转，一会儿在楼上牌桌前张罗，一会儿下楼穿过廊子不见了，又一会儿是那个孩子在后池钓鱼，喊她去寻钓竿，或是另一个迫她到园角攀摘隔墙的还不熟透的桑椹。一天之中这扎着红绒绳的发辫到处可以看到，跟她便是那灵活的眼珠。本能的，我知道我寻着我所需要的中心，和骆驼在沙漠中望见绿洲一样。清早上寂寞的踱出院子一边望着银红阳光射在藤萝叶上，一边却盼望着那扎着红绒绳的辫子快点出现。凑巧她过来了；花布衫熨得平平的，就有补的地方，也总是剪成如意或桃子等好玩的式样，雪白的袜子，青布的鞋，轻快的走着路，手里持着一些老太太早上需要的东西，开水，脸盆或是水烟袋，看着我，她就和蔼亲切的笑笑：

　　"怎么不去吃稀饭？"

　　难为情的，我低下头。

　　"好吧，我带你去。尽怕生不行的呀！"

　　感激的我跟着她走。到了正厅后面（两张八仙桌上已有许多人在吃早饭），她把东西放在一旁，携着我的手到了中间桌边，顺便的喊声："五少奶，起得真早！"等五少奶转过身来，便更柔声的说，"小客人还在怕生呢，一个人在外边吹着，也不进来吃稀饭！"于是把我放在五少奶旁边方凳上，她自去大锅里盛碗稀饭，从桌心碟子里挟出一把油炒花生，拣了一角有红心的盐鸭蛋放在我面前，笑了一笑走去几步，又回头来，到我耳朵边轻轻的说：

　　"好好的吃，吃完了，找阿元玩去，他们早上都在后池边看花匠做事，你也去。"或是："到老太太后廊子找我，你看不看怎样挟燕窝？"

　　红绒发辫暂时便消失了。

　　太阳热起来，有天我在水亭子里睡着了，睁开眼正是文珍过来把我拉起来，"不能睡，不能睡，这里又是日头又是风的，快给我进去喝点热茶。"害怕的我跟着她到小厨房，看着她拿开水冲茶，听她嘴里哼哼的唱着小调。篁姊走过看到我们便喊："文珍，天这么热你把她带到小厨房里做什么？"我当时真怕文珍生气，文珍却笑嘻嘻的："三少奶奶，你这位妹妹真怕生，总是一个人闷着，今天又在水亭里睡着了，你给她想想法子解解闷，这里怪难为她的。"

篁姊看看我说："怎么不找那些孩子玩去？"我没有答应出来，文珍在篁姊背后已对我挤了挤眼，我感激的便不响了。篁姊走去，文珍拉了我的手说："不要紧，不找那些孩子玩时就来找我好了，我替你想想法子。你喜欢不喜欢拆旧衣衫？我给你一把小剪子，我教你。"

于是面对面我们两人有时便坐在树荫下拆旧衣，我不会时她就叫我帮助她拉着布，她一个人剪，一边还同我讲故事。

指着大石井，她说："文环比我大两岁，长得顶好看了，好看的人没有好命，更可怜！我的命也不好，可是我长得老实样，没有什么人来欺侮我。"文环是跳井死的丫头，这事发生在我未来这家以前，我就知道孩子们到了晚上，便互相逗着说文环的鬼常常在井边来去。

"文环的鬼真来么？"我问文珍。

"这事你得问芳少爷去。"

我怔住不懂，文珍笑了，"小孩子还信鬼么？我告诉你，文环的死都是芳少爷不好，要是有鬼她还不来找他算账，我看，就没有鬼，文环白死了！"我仍然没有懂，文珍也不再往下讲了，自己好像不胜感慨的样子。

过一会她忽然说：

"芳少爷讲书倒讲得顶好了，我替你出个主意，等他们早上讲诗的时候，你也去听。背背诗挺有意思的，明天我带你去听。"

到了第二天她果然便带了我到东书房去听讲诗。八九个孩子看到文珍进来，都看着芳哥的脸。文珍满不在乎的坐下，芳哥脸上却有点两样，故作镇定的向着我说：

　　"小的孩子，要听可不准闹。"我望望文珍，文珍抿紧了嘴不响，打开一个布包，把两本唐诗放在我面前，轻轻的说，"我把书都给你带来了。"

　　芳哥选了一些诗，叫大的背诵，又叫小的跟着念；又讲李太白怎样会喝酒的故事。文珍看我已经很高兴的在听下去，自己便轻脚轻手的走出去了。此后每天我学了一两首新诗，到晚上就去找文珍背给她听，背错了她必提示我，每背出一首她还替我抄在一个本子里——如此文珍便做了我的老师。

　　五月节中文珍裹的粽子好，做的香袋更是特别出色，许多人便托她做，有的送她缎面鞋料，有的给她旧布衣衫，她都一脸笑高兴的接收了。有一天在她屋子里玩，我看到她桌子上有个古怪的纸包；我问她里边是些什么，她也很稀奇的说连她都不知道。我们两人好奇的便一同打开看。原来里边裹着是一把精致的折扇，上面画着两三朵菊花，旁边细细的写着两行诗。

　　"这可怪了，"她喊了起来，接着把眼珠子一转，仿佛想起什么了，便轻声的骂着，"鬼送来的！"

　　听到鬼，我便联想到文环，忽然恍然，有点明白这是谁送来的！我问她可是芳哥？她望着我看看，轻轻拍了我一下，好癖〔脾〕气的说，"你这小孩子好懂事，可是，"她转了一个口吻，"小孩子家太懂事了，不好的。"过了一会，看我好像很难过，又笑逗着我，"好娇气，一句话都吃不下去！轻轻说你一句就值得撅着嘴这半天！以后怎做人家儿媳妇？"我羞红了脸便和她闹，半懂不懂的大声念扇子上的诗。这下她可真急了，把扇子夺在手里说："你看我希〔稀〕罕不希〔稀〕罕爷们的东西！死了一个丫头还不够呀？"一边说一边狠狠的把扇子撕个粉碎，伏在床上哭起来了。

我从来没有想到文珍会哭的，这一来我慌了手脚，爬在她背上摇她，一直到自己也哭了她才回过头来说："好小姐，这是怎么闹的，快别这样了。"替我擦干了眼泪，又哄了我半天。一共做了两个香包才把我送走。

在夏天有一个薄暮里大家都出来到池边乘凉看荷花，小孩子忙着在后园里捉萤火虫，我把文珍也拉去绕着假山竹林子走，一直到了那扇永远锁闭着的小门前边。阿元说那边住的一个人家是革命党，我们都问革命党是什么样子，要爬在假山上面望〔往〕那边看。文珍第一个上去，阿元接着把我推上去。等到我的脚自己能立稳的时候，我才看到隔壁院里一个剪发的年青人，仰着头望着我们笑。文珍急着要下来，阿元却正挡住她的去路。阿元上到山顶冒冒失失的便向着那人问："喂，喂，我问你，你是不是革命党呀？"那人皱一皱眉又笑了笑，问阿元敢不敢下去玩，文珍生气了说阿元太顽皮，自己便先下去，把我也接下去走了。

过了些时，我发现这革命党邻居已同阿元成了至交，时常请阿元由墙上过去玩，他自己也越墙过来同孩子们玩过一两次。他是个东洋留学生，放暑假回家的，很自然的我注意到他注意文珍，可是一切事在我当时都是一片模糊，莫明其所以的。文珍一天事又那么多，有时被孩子们纠缠不过，总躲了起来在楼上挑花做鞋去，轻易不见她到花园里来玩的。

可是忽然间全家里空气突然紧张，大点的孩子被二少奶老太太传去问话；我自己也被篁姊询问过两次关于小孩子们爬假山结交革命党的事，但是每次我都咬定了不肯说有文珍在一起。在那种大家庭里厮混了那么久，我也积渐明白做丫头是怎样与我们不同，虽然我却始终没有看到文珍被打过。

经过这次事件以后，文珍渐渐变成沉默，没有先前活泼了。

多半时候都在正厅耳房一带，老太太的房里或是南楼上，看少奶奶们打牌。仅在篁姊生孩子时，晚上过来陪我剪花样玩，帮我写两封家信。看她样子好像很不高兴。

中秋前几天阿元过来，报告我说家里要把文珍嫁出去，已经说妥了人家，一个做生意的，长街小钱庄里管账的，听说文珍认得字，很愿意娶她，一过中秋便要她过门。我一面心急文珍要嫁走，却一面高兴这事的新鲜和热闹。

"文珍要出嫁了！"这话在小孩子口里相传着。但是见到文珍我却没有勇气问她。下意识的，我也觉到这桩事的不妙；一种黯淡的情绪笼罩着文珍要被嫁走的新闻上面。我记起文珍撕扇子那一天的哭，我记起我初认识她时她所讲的文环的故事，这些记忆牵牵连连的放在一起，都似乎叫我非常不安。到后〈来〉我忍不住了，在中秋前两夜大月亮和桂花香中看文珍正到我们天井外石阶上坐着时，上去坐在她旁边，无暇思索〈的〉问她：

"文珍，我同你说。你真要出嫁了么？"

文珍抬头看看树枝中间月亮：

"她们要把我嫁了！"

"你愿意么？"

"什么愿意不愿意的，谁大了都得嫁不是？"

"我说是你愿意嫁给那么一个人家么？"

"为什么不？反正这里人家好，于我怎么着？我还不是个丫头，穿得不好，说我不爱体面，穿得整齐点，便说我闲话，说我好打扮，想男子……说我……"

她不说下去，我也默然不知道说什么。

"反正，"她接下说，"丫头小的时候可怜，好容易捱大了，又得遭难！不嫁老在那里磨着，嫁了不知又该受些什么罪！活该我自己命苦，生在凶年……亲爹嬷背了出来卖给人家！"

我以为她又哭了，她可不，忽然立了起来，上个小山坡，颠〔踮〕起脚来连连拆下许多桂花枝，拿在手里嗅着。

"我就嫁！"她笑着说，"她们给我说定了谁，我就嫁给谁！管他呢，命要不好，遇到一个醉汉打死了我，不更干脆？反正，文环死在这井里，我不能再在他们家上吊！这个那个都待我好，可是我可伺候够了，谁的事我不做一堆？不待我好，难道还要打我？"

"文珍，谁打过你？"我问。

"好，文环不跳到井里去么，谁现在还打人？"她这样回答，随着把手里桂花丢过一个墙头，想了想，笑起来。我是完全的莫明其妙。

"现在我也大了，闲话该轮到我了，"她说了又笑，"随他们说去，反正是个丫头，我不怕！……我要跑就跑，跟卖布的，卖糖糕的，卖馄饨的，担臭豆腐挑子沿街喊的，出了门就走了！谁管得了我？"她放声的咭咭呱呱的大笑起来，两只手拿我的额发辫着玩。

我看她高兴，心里舒服起来。寻常女孩子家自己不能提婚姻的事，她竟说要跟卖臭豆腐的跑了，我暗暗希〔稀〕罕她说话的胆子，自己也跟着说疯话：

"文珍，你跟卖馄饨的跑了，会不会生个小孩也卖小馄饨呀？"文珍的脸忽然白下来，一声不响。

××钱庄管账的来拜节，有人一直领他到正院里来，小孩们都看见了。这人穿着一件蓝长衫，罩一件青布马褂，脸色乌黑，看去真像有了四十多岁，背还有点驼，指甲长长的，两只手老筒在袖里，顽皮的大孩子们眼睛骨碌碌的看着他，口上都在轻轻的叫他新郎。

我知道文珍正在房中由窗格子里可以看得见他，我就跑进去找寻，她却转到老太太床后拿东西，我跟着缠住，她总一声不响。忽然她转过头来对我亲热的一笑，轻轻的，附在我耳后说，"我跟卖馄饨的去，生小孩，卖小馄饨给你吃！"说完扑哧的稍稍大声点笑。我乐极了就跑出去。但所谓"新郎"却已经走了，只听说人还在外客厅旁边喝茶，商谈亲事应用的茶礼，我也没有再出去看。

此后几天，我便常常发现文珍到花园里去，可是几次，我都找不着她，只有一次我看见她从假山后那小路回来。

"文珍你到那里去？"

她不答应我，仅仅将手里许多杂花放在嘴边嗅，拉着我到池边去说替我打扮个新娘子，我不肯，她就回去了。

又过了些日子我家来人接我回去，晚上文珍过来到我房里替篁姊收拾我的东西。看见房里没有人，她把洋油灯放低了一点，走到床边来同我说：

"我以为我快要走了，现在倒是你先去，回家后可还记得起来文珍？"

我眼泪挂在满脸，抽噎着说不出话来。

"不要紧，不要紧，"她说，"我到你家来看你。"

"真的么？"我伏在她肩上问。

"那谁知道！"

"你是不是要嫁给那钱庄管账的？"

"我不知道。"

"你要嫁给他，一定变成一个有钱的人了，你真能来我家么？"

"我也不知道。"

我又哭了。文珍摇摇我，说，"哭没有用的，我给你写信好不好？"我点点头，就躺下去睡。

回到家后我时常盼望着文珍的信,但是她没有给我信。真的革命了,许多人都跑上海去住,篁姊来我们家说文珍在中秋节后快要出嫁以前逃跑了,始终没有寻着。这消息听到耳里同雷响一样,我说不出的记挂担心她。我鼓勇〈气〉的问文珍是不是同一个卖馄饨的跑了,篁姊惊讶的问我:

"她时常同卖馄饨的说话么?"

我摇摇头说没有。

"我看,"篁姊说,"还是同那个革命党跑的!"

一年以后,我还在每个革命画册里想发现文珍的情人。文珍却从没有给我写过一个信。

绣　绣

——模影零篇之四

> 初刊于一九三七年四月十八日《大公报》"文艺副刊"第三百二十五期，署名林徽因。

　　因为时局，我的家暂时移居到××。对楼张家的洋房子楼下住着绣绣。那年绣绣十一岁，我十三。起先我们互相感觉到使彼此不自然，见面时便都先后红起脸来，准备彼此回避。但是每次总又同时彼此对望着，理会到对方有一种吸引力，使自己不容易立刻实行逃脱的举动。于是在一个下午，我们便有意距离彼此不远底同立在张家楼前，看许多人用旧衣旧鞋热闹底换碗。

　　还是绣绣聪明，害羞的由人丛中挤过去，指出一对美丽的小磁碗给我看，用秘密亲昵的小声音告诉我她想到家里去要一双旧鞋来换。我兴奋的望着她回家的背影，心里漾起一团愉悦的期待。不到一会子工夫，我便又佩服又喜悦的参观到绣绣同换碗的贩子一段交易的喜剧，变成绣绣的好朋友。

　　那张小小图画今天还顶温柔的挂在我的胸口。这些年了，我仍能见到绣绣的两条发辫系着大红绒绳，睁着亮亮的眼，抿紧着嘴，边走边跳的过来，一只背在后面的手里提着一双旧鞋。挑卖磁器的贩子口里衔着旱烟，像一个高大的黑影，笼罩在那两簇美丽得同云一般各色磁器的担子上面！一些好奇的人都伸过头来看。"这么一点点小孩子的鞋，谁要？"贩子坚硬的口气由旱烟管的斜角里呼出来。

"这是一双皮鞋,还新着呢!"绣绣抚爱底望着她手里旧皮鞋。那双鞋无疑底曾经一度给过绣绣许多可骄傲的体面。鞋面有两道鞋扣。换碗的贩子终于被绣绣说服,取下口里旱烟扣在灰布腰带上,把鞋子接到手中去端详。绣绣知道这机会不应该失落,也就很快的将两只渴慕了许多时候的小花碗捧到她手里。但是鹰爪似的贩子的一只手早又伸了过来,将绣绣手里梦一般美满的两只小碗仍然收了回去。绣绣没有话说,仰着绯红的脸,眼睛潮润着失望的光。

我听见后面有了许多嘲笑的声音,感到绣绣孤立的形势和她周围一些侮辱的压迫,不觉起了一种不平。"你不能欺侮她小!"我听到自己的声音威风的在贩子的胁下响,"能换就快换,不能换,就把皮鞋还给她!"贩子没有理我,也不去理绣绣,忙碌底同别人交易,小皮鞋也还夹在他手里。

"换了吧老李,换了吧,人家一个孩子。"人群中忽有个老年好事的人发出含笑慈祥的声音。"以老卖老"底他将担子里那两只小碗重新捡出交给绣绣同我:"哪,你们两个孩子拿着这两只碗快走吧!"我惊讶的接到一只碗,不知所措。绣绣却捱〔挨〕过亲热的小脸扯着我的袖子,高兴的笑着示意叫我同她一块儿挤出人堆来。那老人或不知道,他那时塞到我们手里的不止〔只〕是两只碗,并且是一把鲜美的友谊。

自此以后,我们的往来一天比一天亲密。早上我伴绣绣到西街口小店里买点零星东西。绣绣是有任务的,她到店里所买的东西都是油盐酱醋,她妈妈那一天做饭所必需的物品。当我看到她在店里非常熟识的要她的货物了,从容的付出或找入零碎铜元同吊票时,我总是暗暗的佩服她的能干,羡慕她的经验。最使我惊异的则是她妈妈所给我的印象。黄瘦的,那妈妈是个极懦弱无能的女人，因为带着病，她的脾气似乎非常暴躁。种种的事她都指使着绣绣去做，却又无时无刻不咕噜着，教训着她的孩子。

　　起初我以为绣绣没有爹，不久我就知道原来绣绣的父亲是个很阔绰的人物。他姓徐，人家叫他徐大爷，同当时许多父亲一样，他另有家眷住在别一处的。绣绣同她妈妈母女两人早就寄住在这张家亲戚楼下两小间屋子里，好像被忘记了的孤寡。绣绣告诉我，她曾到过她爹爹的家，那还是她那新姨娘没有生小孩以前，她妈叫她去同爹要一点钱，绣绣说时脸红了起来，头低了下去，挣扎着心里各种的羞愤和不平。我没有敢说话，绣绣随着也就忘掉了那不愉快的方面，抬起头来告诉我，她爹家里有个大洋狗非常的好，"爹爹叫它坐下，它就坐下。"还有一架洋钟，绣绣也不能够忘掉"钟上面有个门"，绣绣眼里亮起来，"到了钟点，门会打开，里面跳出一只鸟来，几点钟便叫了几次。""那是——那是爹爹买给姨娘的。"绣绣又偷偷告诉了我。

　　"我还记得有一次我爹爹抱过我呢，"绣绣说，她常同我讲点过去的事情。"那时候，我还顶小，很不懂事，就闹着要下地，我想那次我爹一定很不高兴的！"绣绣追悔的感到自己的不好，惋惜着曾经领略过又失落了的一点点父亲的爱。"那时候，你太小了当然不懂事。"我安慰着她。"可是……那一次我到爹家里去时，又弄得他不高兴呢！"绣绣心里为了这桩事，大概已不止一次的追想难过着，"那天我要走的时候，"她重新说下去，"爹爹翻开抽屉问姨娘有什么好玩艺〔意〕儿给我玩，我看姨娘没有答应，怕她不高兴，便说，我什么都不要。爹听见就很生气把抽屉关上，说：不要就算了！"——这里绣绣本来清脆的声音显然有点哑，"等我再想说话，爹已经起来把给妈的钱交给我，还说，你告诉她，有病就去医，自己乱吃药，明日吃死了我不管！"这次绣绣伤心的对我诉着委屈，轻轻抽噎着哭，一直坐在我们后院子门槛上玩，到天黑了才慢慢底踱回家去，背影消失在张家灰黯的楼下。

夏天热起来，我们常常请绣绣过来喝汽水，吃藕，吃西瓜。娘把我太短了的花布衫送给绣绣穿，她活泼的在我们家里玩，帮着大家摘菜，做凉粉，削果子做甜酱，听国文先生讲书，讲故事。她的妈则永远坐在自己窗口里，摇着一把蒲扇，不时颤声的喊，"绣绣！绣绣！"底下咕噜着一些埋怨她不回家的话，"……同她父亲一样，家里总坐不住！"

有一天，天将黑的时候，绣绣说她肚子痛，匆匆跑回家去。到了吃夜饭时候，张家老妈到了我们厨房里说，绣绣那孩子病得很，她妈不会请大夫，急得只坐在床前哭。我家里人听见了就叫老陈妈过去看绣绣，带着一剂什么急救散。我偷偷跟在老陈妈后面，也到绣绣屋子去看她。我看到我的小朋友脸色苍白的在一张木床上呻吟着，屋子在那黑夜小灯光下闷热的暑天里，显得更凌乱不堪。那黄病的妈妈除却交叉着两只手发抖的在床边敲着，不时呼唤绣绣外，也不会为孩子预备一点什么值当的东西。大个子的蚊子咬着孩子的腿同手臂，大粒子汗由孩子额角沁出流到头发旁边。老陈妈慌张前后的转，拍着绣绣的背，又问徐大妈妈——绣绣的妈——要开水，要药锅煎药。我偷个机会轻轻溜到绣绣床边叫她，绣绣听到声音还勉强的睁开眼睛看看我作了一个微笑，吃力的低声说，"蚊香……在屋角……劳驾你给点一根……"她显然习惯于母亲的无用。

"人还清楚！"老陈妈放心去熬药。这边徐大奶奶咕噜着，"告诉你过人家的汽水少喝！果子也不好，我们没有那命吃那个……偏不听话，这可招了祸！……你完了小冤家，我的老命也就不要了……"绣绣在呻吟中间显然还在哭辩着，"那里是那些，妈……今早上……我渴，喝了许多凉水。"

家里派人把我拉回去。我记得那一夜我没得好睡，惦记着绣绣，做着种种可怕的梦。绣绣病了差不多一个月，到如今我也不知道到底患的甚么病，他们请过两次不同的大夫，每次买过许多杂药。她妈天天给她稀饭吃。正式的医药没有，营养更是等于零的。

因为绣绣的病，她妈妈埋怨过我们，所以她病里谁也不敢送吃的给她。到她病将愈的时候，我天天只送点儿童画报一类的东西去同她玩。

病后，绣绣那灵活的脸上失掉所有的颜色，更显得异样温柔，差不多超尘的洁净，美得好像画里的童神一般，声音也非常脆弱动听，牵得人心里不能不漾起怜爱。但是以后我常常想到上帝不仁的排布，把这么美好敏感，能叫人爱的孩子虐待在那么一个环境里，明明父母双全的孩子，却那样零仃孤苦，使她比失却怙恃更茕子无所依附。当时我自己除却给她一点童年的友谊，作个短时期的游伴以外，毫无其他能力护助着这孩子同她的运命搏斗。

她父亲在她病里曾到她们那里看过她一趟，停留了一个极短的时间。但他因为不堪忍受绣绣妈的一堆存积下的埋怨，他还发气狠心的把她们母女反申斥了教训了，也可以说是辱骂了一顿。悻悻的他留下一点钱就自己走掉，声明以后再也不来看她们了。

我知道绣绣私下曾希望又希望着她爹去看她们，每次结果都是出了她孩子打算以外的不圆满。这使她很痛苦。这一次她忍耐不住了，她大胆的埋怨起她的妈，"妈妈，都是你这样子闹，所以爹气走了，赶明日他再也不来了！"其实绣绣心里同时也在痛苦着埋怨她爹。她有一次就轻声的告诉过我："爹爹也太狠心了，妈妈虽然有脾气，她实在很苦的，她是有病。你知道她生过六个孩子，只剩我一个女的，从前，她常常一个人在夜里哭她死掉的孩子，日中老是做活计，样子同现在很两样，脾气也很好的。"但是绣绣虽然告诉过我——她的朋友——她的心绪，对她母亲的同情,徐大奶奶都只听到绣绣对她一时气愤的埋怨,因此便借题发挥起来,夸张着自己的委曲,向女儿哭闹,谩骂。

那天张家有人听得不过意了,进去干涉,这一来,更触动了徐大奶奶的歇斯塔尔利亚的脾气,索性气结的坐在地上狠命的咬牙捶胸,疯狂似的大哭。等到我也得到消息过去看她们时,绣绣已哭到眼睛红肿,蜷伏在床上一个角里抽搐得像个可怜的迷路的孩子。左右一些邻居都好奇,好事的进去看她们。我听到出来的人议论着她们事说:"徐大爷前月生个男孩子了。前几天替孩子做满月办了好几桌席,徐大奶奶本来就气得几天没有吃好饭,今天大爷来又说了她同绣绣一顿,她更恨透了,巴不得同那个新的人拼命去!凑巧绣绣还护着爹,倒怨起妈来,你想,她可不就气疯了,拿孩子来出气么?"我还听见有人为绣绣不平,又有人说:"这都是孽债,绣绣那孩子,前世里该了他们什么吧?怪可怜的,那点点年纪,整天这样捱着。你看她这场病也会不死?这不是该他们什么还没有还清么?!"

绣绣的环境一天不如一天,的确好像有孽债似的,妈妈的暴躁比以前更迅速的加增,虽然她对绣绣的病不曾有效的维护调摄,为着忧虑女儿的身体那烦恼的事实却增进她的衰弱怔忡的症候,变成一个极易受刺激的妇人。为着一点点事,她就得狂暴的骂绣绣。有几次简直无理的打起孩子来。楼上张家不胜其烦,常常干涉着,因之又引起许多不愉快的口角,给和平的绣绣更多不方便同为难。

我自认已不迷信的了,但是人家说绣绣似来还孽债的话,却偏深深印在我脑子里,让我回味又回味着,不使我摆脱开那里所隐示的果报轮回之说。读过《聊斋志异》同《西游记》的小孩子的脑子里,本来就装着许多荒唐的幻想的,无意的迷信的话听了进去便很自然发生了相当影响。此后不多时候我竟暗同绣绣谈起观音菩萨的神通来。两人背着人描下柳枝观音的像夹在书里，又常常在后院偷向西边虔敬的作了一些滑稽的参拜，或烧几炷家里的蚊香。我并且还教导绣绣暗中临时念"阿弥陀佛，救苦救难观世音菩萨"，告诉她那可以解脱突来的灾难。病得瘦白柔驯，乖巧可人的绣绣，于是真的常常天真的双垂着眼，让长长睫毛美丽底覆在脸上，合着小小手掌，虔意的喃喃向着传说能救苦的观音祈求一些小孩子的奢望。

"可是，小姊姊，还有耶稣呢？"有一天她突然感觉到她所信任的神明问题有点儿蹊跷，我们两人都是进过教会学校的——我们所受的教育，同当时许多小孩子一样本是矛盾的。

"对了，还有耶稣！"我呆然，无法给她合理的答案。

神明本身既发生了问题，神明自有公道慈悲等说也就跟着动摇了。但是一个漂泊不得于父母的寂寞孩子显然需要可皈依的主宰的，所以据我所知道，后来观音同耶稣竟是同时庄严的在绣绣心里受她不断的敬礼！

这样日子渐渐过去，天凉快下来，绣绣已经又被指使着去临近小店里采办杂物，单薄的后影在早晨凉风中摇曳着，已不似初夏时活泼。看到人总是含羞的不说什么话，除却过来找我一同出街外，也不常到我们这边玩了。

突然的有一天早晨，张家楼下发出异样紧张的声浪，徐大奶奶在哭泣中锐声气愤底在骂着，诉着，喘着，与这锐声相间而发的有沉重的发怒的男子口音。事情显然严重。借着小孩子身份，我飞奔过去找绣绣。张家楼前停着一辆讲究的家车，徐大奶奶房间的门开着一线，张家楼上所有的仆人，厨役，打杂同老妈，全在过道处来回穿行，好奇的听着热闹。屋内秩序比寻常还要紊乱，刚买回来的肉在荷叶上挺着，一把蔬菜萎靡的像一把草，搭在桌沿上，放出灶边或菜市里那种特有气味。一堆碗箸，用过的同未用的，全在一个水盆边放着。墙上美人牌香烟的月份牌已让人碰得在歪斜里悬着。最奇怪的是那屋子里从来未有过的雪茄烟的气氛。徐大爷坐在东边木床上，紧紧锁着眉，怒容满面，口里衔着烟，故作从容底抽着，徐大奶奶由邻居里一个老太婆同一个小脚老妈子按在一张旧藤椅上还断续底颤声的哭着。

当我进门时，绣绣也正拉着楼上张太太的手进来，看见我头低了下去，眼泪显然涌出，就用手背去擦着已经揉得红肿的眼皮。

徐大奶奶见到人进来就锐声的申诉起来。她向着楼上张太太："三奶奶，你听听我们大爷说的没有理的话！……我就有这么半条老命，也不能平白让他们给弄死！我熬了这二十多年，现在难道就这样子把我撵出去？人得有个天理呀！……我打十七岁来到他家，公婆面上什么没有受过，捱过，……"

张太太望望徐大爷，绣绣也睁着大眼睛望着她的爹，大爷先只是抽着烟严肃的冷酷的不做声。后来忽然立起来，指着大奶奶的脸，愤怒的做个强硬的姿势说："我告诉你，不必说那许多费话，无论如何，你今天非把家里那些地契拿出来交还我不可，……这真是岂有此理！荒唐之至！老家里的田产地契也归你管了，这还成什么话！"

夫妇两人接着都有许多驳难的话；大奶奶怨着丈夫遗弃，克扣她钱，不顾旧情，另有所恋，不管她同孩子两人的生活，在外同那女人浪费。大爷说他妻子，不识大体，不会做人，他没有法子改良她，他只好提另再娶能温顺着他的女人另外过活，坚不承认有何虐待大奶奶处。提到地契，两人各据理由争执，一个说是那一点该是她老年过活的凭借，一个说是祖传家产不能由她作主分配。相持到吃中饭时分，大爷的态度愈变愈强硬，大奶奶却喘成一团，由疯狂的哭闹，变成无可奈何的啜泣。别人已渐渐退出。

直到我被家里人连催着回去吃饭时，绣绣始终只缄默的坐在角落里，由无望的伴守着两个互相仇视的父母，听着楼上张太太的几次清醒的公平话，尤其关于绣绣自己的地方。张太太说的要点是他们夫妇两人应该看绣绣面上，不要过于固执。她说："那孩子近来病得很弱。"又说："大奶奶要留着一点点也是想到将来的事，女孩子长大起来还得出嫁，你不能不给她预备点。"她又说："我看绣绣很聪明，下季就不进学，开春也应该让她去补习点书。"她又向大爷提议："我看以后大爷每月再给绣绣筹点学费，这年头女孩不能老不上学尽在家里做杂务的。"

这些中间人的好话到了那生气的两个人耳里，好像更变成一种刺激，大奶奶听到时只是冷讽着："人家有了儿子了，还顾了什么女儿！"大爷却说："我就给她学费，她那小气的妈也不见得送她去读书呀？"大奶奶更感到冤枉了，"是我不让她读书么？你自己不说过：女孩子不用读那么些书么？"

无论如何，那两人固执着偏见，急迫只顾发泄两人对彼此的仇恨，谁也无心用理性来为自己的纠纷寻个解决的途径，更说不到顾虑到绣绣的一切。那时我对绣绣的父母两人都恨透了，恨不得要同他们说理，把我所看到各种的情形全盘不平的倾吐出来，叫他们醒悟，乃至于使他们悔过，却始终因自己年纪太小，他们情形太严重，拿不起力量，懦弱的抑制下来。但是当我咬着牙毒恨他们时，我偶然回头看到我的小朋友就坐在那里，眼睛无可奈何的向着一面，无目的楞〔愣〕着，忽然使我起一种很奇怪的感觉。我悟到此刻在我看去无疑问的两个可憎可恨的人，却是那温柔和平绣绣的父母。我很明白，即使绣绣此刻也有点恨着他们，但是蒂结在绣绣温婉的心底的，对这两人到底仍是那不可思议的深爱！

我在惘惘中回家去吃饭，饭后等不到大家散去，我就又溜回张家楼下。这次出我意料以外的，绣绣房前是一片肃静。外面风刮得很大，树叶和尘土由甬道里卷过，我轻轻推门进去，屋里的情形使我不禁大吃一惊，几乎失声喊出来！方才所有放在桌上木架上的东西，现在一起打得粉碎，扔散在地面上……大爷同大奶奶显然已都不在那里，屋里既无啜泣，也没有沉重的气愤的申斥声，所余的仅剩苍白的绣绣，抱着破碎的想望，无限的伤心，坐在老妈子身边。雪茄烟气息尚香馨底笼罩在这一幅惨淡滑稽的画景上面。

"绣绣，这是怎么了？"绣绣的眼眶一红，勉强调了一下哽咽的嗓子，"妈妈不给那——那地契，爹气了就动手扔东西，后来……他们就要打起来，隔壁大妈给劝住，爹就气着走了……妈让他们扶到楼上'三阿妈'那里去了。"

小脚老妈开始用条帚把地上碎片收拾起来。

忽然在许多凌乱中间，我见到一些花磁器的残体，我急急拉过绣绣，两人一同俯身去检验。

"绣绣！"我叫起来，"这不是你那两只小磁碗？也……也让你爹砸了么？"

绣绣泪汪汪的点点头，没有答应，云似的两簇花磁器的担子和初夏的景致又飘过我心头，我捏着绣绣的手，也就默然。外面秋风摇撼着楼前的破百叶窗，两个人看着小脚老妈子将那美丽的尸骸同其他茶壶粗碗的碎片，带着茶叶剩菜，一起送入一个旧簸箕里，葬在尘垢中间。

这世界上许多纷纠使我们孩子的心很迷惑，——那年绣绣十一，我十三。

终于在那年的冬天，绣绣苦痛的迷惑终止在一个初落雪的清早里。张家楼房背后那一道河水，冻着薄薄的冰，到了中午阳光隔着层层的雾惨白的射在上面，绣绣已不用再缩着脖颈，顺着那条路，迎着冷风到那里去了！无意的她却把她的迷惑留在我心里，飘忽于张家楼前同小店中间直到了今日。

廿六，三，廿。